〈英語〉文学の現在《いま》へ

キャリル・チャーチル

Caryl Churchill

前衛であり続ける強さと柔軟さ

The Ants

Lovesick

Schreber's Nervous Illness

The Hospital at the Time of the Revolution

Owners

Light Shining in Buckinghamshire

Cloud Nine

Top Girls

Serious Money

A Mouthful of Birds

Mad Forest

The Skriker

Far Away

A Number

Seven Jewish Children

Love and Information

岩田美喜

三修社

キャリル・チャーチル

前衛であり続ける強さと柔軟さ

目次

凡例

・引用の出典傍証、文献目録における文献表記は、原則としてＭＬＡ方式（ハンドブック版第九版、二〇二一年）を参考にした。

・英語文献からの引用の翻訳は、特に断りのない限り、私自身のものである。日本語訳の文献を引用した場合は、丸括弧内の出典傍証で翻訳版に基づく情報を記し、漢数字でページ情報を記載している。

・引用の出典傍証のうち、頻繁に使用するチャーチルの『戯曲集』（第一〜第五巻）については、第一巻の場合 *Plays 1* → *P1* のように、頭文字と巻数を示す略記を用いた。

・引用文において、私自身による注記や補足は〔　〕で示した。また、〔……〕は私自身による省略を意味する。

序章

キャリル・チャーチル（Caryl Churchill 一九三八– ）が現代イギリス演劇を代表する劇作家の一人であることに、大きな異論はないだろう。また、『ケンブリッジ版現代イギリス女性劇作家必携』（二〇〇〇）において、ジャネル・ライネルトが、チャーチルのことを「おそらくは第二派フェミニズムから生まれたなかで、もっとも成功し、もっともよく知られた社会主義フェミニズム女性劇作家といっていい」（Aston and Reinelt 174）と紹介しているように、彼女の作風を語る時に「フェミニズム」と「社会主義」というキーワードを避けて通ることはできない。だが同時に、チャーチルの戯曲はより幅広い文脈で評価されていることも忘れてはならない。

まずライネルト自身が冒頭に挙げた引用に続いて論じているように、チャーチル作品の大きな特徴は、こうした政治性の強い主題が演劇としての実験性と分かち難く結びついているところにある。たとえば、彼女の代表作のひとつ『トップ・ガールズ』（一九八二）は、主人公のマーリーンが古今東西のトップ・ガールズを集めて自分の昇進祝いのパーティを開くというシュールレアリスム的な設定で幕を開け、第二幕以降はサッチャー時代のイギリスの過酷な競争社会をリアリズムで描いている。しばしばベルトルト・ブレヒト（一八九八–一九五六）の〈叙事演劇〉と比較されるこうした彼女のドラマツルギーについて、クリストファー・イネスの言葉を借りて概括すれば、「チャーチルの作品はすべて、時間感覚と演劇的な慣習の両方を巧みに操り、個性というものに対する通念を掘り崩すとともに、我々が現実を認識するやり方に挑戦をしている」(Innes 527) ということになる。

また、チャーチルは批評家のみならず、俳優や劇作家たちから敬意に満ちたコメントを寄せられることが多い。たとえば、劇作家マーク・レイヴンヒル（一九六六－ ）は、チャーチルの古希に寄せた『ガーディアン』紙（二〇〇八年九月三日）への署名記事で、「イギリス演劇界の主要人物のなかで、同業者からこれほどの愛情と尊敬をもって遇されている存在を他に思いつくことはできない」(Ravenhill, "Caryl Churchill") と述べている。[1] この記事のなかでレイヴンヒルはいくつかの実例を紹介しているのだが、なかでもアメリカの俳優兼劇作家ウォレス・ショーン（一九四三－ ）が彼に語ったという、「自分たちはたいてい演劇というものに飽きているが、『沼沢地』や『スクライカー』や『小鳥が口一杯』のような、キャリルの豊かな創意に満ちた芝居を見ると、劇作家でいるのがどれほどワクワクすることかが分かる」(Ravenhill, "Caryl Churchill") という言葉は示唆的だ。ショーンが挙げた芝居はいずれも一般的な批評的文脈においてはチャーチルの代表作とはみなされておらず、「劇作家たちの劇作家」としてのチャーチルが、「社会主義的フェミニスト劇作家」としてのチャーチルと重なりつつも、また異なる輝きを見せていることが推測され得るからだ。

本書はこのようなチャーチル演劇の多様な側面を提示し、彼女の作品世界が一貫した主題や態度を示し続けているとともに、豊かな多様性を持っている点を明らかにすることが目的である。だが、半世紀以上におよぶ長いキャリアを通じて旺盛な創作力を見せてきたチャーチルの、五〇本に近い戯曲のすべてをこの小著で網羅的に論じることは現実的でないだろう。そこで本書では、時系列に沿ってチャーチルの創作活動を追いながら、各章でその時期の代表作や特に注目に値する作品二、三本について考察していくことで、劇作家としてのチャーチルの全体像を可能な範囲で示したい。

よく知られていることだが、チャーチルは職業劇作家としての初期には劇場向けではなくラジオ・ドラマの脚本を書いており、それは当時の彼女が三人の子供の子育てで家を離れられなかったという生活事情と少なからぬ関係がある。劇作家チャーチルを作ったさまざまな要素のひとつとして彼女の伝記的な背景は無視できないものだが、実はこの点について考察を深めるのはきわめて難しい。彼女はメディア露出を嫌うことで有名であり、作品数の多さとその影響力に比して、作家本人に関する情報は驚くほど限られているのだ。二〇〇四年に、クローン技術の革新が提起するアイデンティティの問題を扱った作品『ナンバー』（二〇〇二）がニューヨークでも公演されることになった時、サラ・ライアルは「キャリル・チャーチルの謎」というタイトルを付して、『ニューヨーク・タイムズ』紙に公演の紹介記事を執筆した。そこで彼女は、「純文学系の劇作家が絶えず討論会に参加したり、学会で長口舌をふるったり、ブリティッシュ・カウンシルのような組織の代表者となったりする世界で、チャーチル氏は珍しい存在であり、作品のみにおのれを語らせておきながら大成功を収め続けている」（Lyall, "Mysteries"）と述べ、チャーチル本人について語ることの困難を吐露している。このようなわけで、次節ではチャーチルが劇作家としての一歩を踏み出すまでの彼女の伝記的背景を確認するものの、すでによく知られたこと以上の情報は提示できない上、第一章以降は基本的にライアルの言葉を援用すれば「作品のみにチャーチルを語らせ」るスタイルにならざるを得ないことを最初にお断りしておく。[2]

チャーチルの伝記的背景

キャリル・チャーチルは一九三八年九月三日に、政治風刺漫画家ロバート・チャーチルを父に、ファッション・モデルで俳優でもあったジャン・ブラウンを母としてロンドンで生まれた。第二次世界大戦中は父親がナチスやムッソリーニに対する政治風刺漫画を多く描いていたため、政治的な意識を持った生活が一家のなかでは当然のことになっていた。また、一人っ子であったので多くの時間を一人で過ごし、幼少期から文章を書くことを趣味としていた。チャーチルは一九八〇年代後半以降、新聞や雑誌のインタヴューをすべて断るようになるのだが、雑誌『ミズ』(一九八二年五月号)に掲載された貴重なインタヴュー記事では、父の仕事が与えた影響のほか、母が仕事中も結婚指輪を外していなかったことなども回想しながら、「かなり幼い頃から私は、〔女性が〕キャリアを積むことと結婚生活を続けてとても幸せでいることが、両立不可能なはずはないと感じていました」(Thurman 54) と語っている。

一家は一九四八年にカナダのモントリオールに移住したが、チャーチルは一九五六年にイギリスに戻り、翌五七年にオックスフォード大学の女子学寮レイディ・マーガレット・ホール・カレッジに入学する。同じインタヴューによれば、在学中には仏教とマルクス主義に深い関心を覚え (Thurman 54)、また学友の求めに応じて芝居の脚本を執筆した。これがチャーチルの初の戯曲『階下』である。『階下』は一九五八年に、『サンデー・タイムズ』紙と英国学生連盟の共催による学生演劇フェスティヴァルに参加し、同名の賞を受賞した。その後、一九六〇年に大学を卒業してからも彼女は学生演劇に携わり、舞台劇『楽しい時』(一九六〇)のほか、『安楽死』(一九六二)や、朗読劇『怖がらなくていい』(一九六一)などを執筆したが、これらはいずれも現在に至るまで出版はされていない。

一九六一年に、チャーチルは法廷弁護士のデイヴィッド・ハーターと結婚する。また、イギリスに限らず欧米においては作家活動を志す人間が直接出版社とやりとりすることは少なく、著作権エージェントを介するのが普通であるが、結婚と同時期に彼女もロンドンの著作権エージェントであるマーガレット・ラムジーと契約を結んだ。ここまで順風満帆に劇作家としての一歩を踏み出したかに見えたチャーチルであったが、結婚後最初の一〇年間は精神的にかなり追い詰められた状態に陥った。一九六九年までの間に次々と三人の男児を出産し、専業主婦として育児に忙殺された上、流産も複数回経験し、社会から孤立しているように感じたようである。チャーチル自身は、当時のことを振り返って次のように述べている。

私は孤独を感じていました。小さな子供たちもいたし、流産も経験していたものですから。ひどく孤独な生活でした。私を政治的にしたのは、自身の暮らしぶり――事務弁護士の妻として、ただ小さな子供たちと家庭にいること――に感じていた不満の気持ちです。(Itzin 279)

チャーチルはここで「流産も経験していた（having miscarriages）」としか述べていないが、複数形を用いているため、流産が一度ではなかったことを示唆しており、精神的にも身体的にも大きな負担に耐える日々を送っていたことがうかがえる。しかし一方で、本人はその経験が、その後の作品を貫く主題を自分に与えたと分析しており、チャーチルの社会主義的フェミニズムは、経験に基づいた切実性をもって彼女の作品に息づいているのである。

ただし、この間ももちろん彼女は作家活動をしていなかったわけではなく、主にラジオ・ドラマの脚本を執筆していた。戦後のイギリスではテレビの普及に伴い、ラジオ・ドラマの衰退が囁かれていたが、一九六三年にＢＢＣのラジオ・ドラマ責任者が、古典作品を好むヴァル・ギールグッドから「不条理演劇」の名付け親として有名な批評家マーティン・エスリン（一九一八―二〇〇二）に交代すると、実験的な若手のラジオ・ドラマが積極的に放送されるようになり、一九六〇年代はラジオ・ドラマの再盛期となった。[3] ＢＢＣラジオ３チャンネルで放送されるドラマ番組は、当時の若手にとって格好の登竜門となっていたと同時に、子育てのために長時間家を離れたり、集中して執筆することが難しい状況にあったチャーチルにとっては、分量的に短めでいいラジオ・ドラマの脚本は渡りに船であったと言えよう。

チャーチルの社会から切り離されて孤独のなかに沈潜するような結婚生活と、劇作家としてのキャリアの両方に大きな転機が訪れるのは、本人によれば一九七二年のことである。まず前者としては、夫と話し合いの末に夫婦生活のあり方を変え、これ以上子供を作らないこととした（夫はこの時期に精管切除手術を受けている）。働き方については、夫が今後は資本主義に加担するような訴訟を仕事として取り扱わないことを法律事務所に告げる一方、チャーチルがこれまでより本格的に執筆活動を行う運びとなった。チャーチル自身の表現を用いれば、「夫が働けるよう、私が一〇年間いろいろとやってきたのだから、今度は彼が時間を使って私のやりたいことをやらせるのはどうか」（Itzin 279）ということになったのである。

また一九七二年は、チャーチルが初めて舞台用の戯曲『所有者たち』をロンドンのロイヤル・コート劇場にかけた、職業劇作家としてのデビューの年でもある。チャーチルは最初の戯曲集（一九八五）を出版した際に寄せた序文で、この時期のことを重要な分水嶺として振り返っている。

『所有者たち』は私の最初の戯曲ではない〔……〕。だが、それ以前に執筆した舞台用の戯曲はみな学生上演のためだったり、上演には至らなかったりであったし、過去一〇年の私の作品のほとんどはラジオ向けのものだった。一方、『所有者たち』以降、私はほぼ完全に劇場向けの仕事しかしていない。だから私の職業生活は一九七二年の前と後で、きわめてはっきりと分かれているように思われる。いわば『所有者たち』は、〈キャリル・チャーチル第二部〉の第一作だったのだ。（*P1* xi）

自分や家族の私生活を公にすることを嫌うチャーチルは、『戯曲集　第一巻』の序文では家庭生活の変化についてひとこととたりとも述べてはいない。だが、自身の第二部が開幕したとまで述べる『所有者たち』の執筆・上演が可能になったのは、明らかに家庭生活の変化があってこそのことであろうし、生活者としての変化と劇作家としての変化は、チャーチルにおいては不可分に絡み合っていると言えるだろう。メアリ・ラックハーストは、「第二波フェミニズムの衝撃は、チャーチルが個人的に抱いていた見解を後押ししただけでなく、自分の生活を変えるよう彼女を勇気づけもしたのであった」（Luckhurst 15）と述べ、彼女の生活者としての変化の背後には、より広範な社会的な変化があったと考察している。周知のように、一九六〇年代から七〇年代にかけてアメリカから広がっていった第二波フェミニズムの時期には、第一波の女性解放運動とは異なり、女性が置かれた状況の理論化が大きく進み、女性学といった新しい学問分野を生み出すこととなった。[4] この運動のスローガンのようになった有名なフレーズ「個人的なことは政治的なこと」が端的に示すように、チャーチルが「私を政治的にした」と語る自分の個人的経験は、第二波フェミニズムの時代に多くの女性たちに共有されることとなった知的な検証作業を通じ、より包括的な社会の問題として作品内で昇華されるようになっていく。

　個人的経験を社会の問題へと広げていくチャーチルのアプローチを確立する契機として、この時期の彼女に画期的な変化をもたらした年をもうひとつ挙げるとすれば、それは疑いなく一九七六年であろう。それまで基本的に一人で作品を執筆してきたチャーチルは、この年の春に「怪物的連隊《モンストラス・レジメント》」というフェミニスト劇団から魔女狩りについての作品を執筆するよう依頼され、制作段階からの劇団員たちとの協同作業を初めて体験する。これに加えて、後に『ヴィネガー・トム』となる怪物的連隊《モンストラス・レジメント》のための戯曲が草稿段階にあった五月には、マックス・スタフォード＝クラーク（一九四一‐）やデイヴィッド・ヘアー（一九四七‐）らが中心となって立ち上げた、作家と劇団員たちによる集合的な作品作りを重視する新規軸の劇団ジョイント・ストックより誘われ、一七世紀のイングランド内乱についての芝居を制作するためのワークショップに参加したのである。この経験から生まれたのが『バッキンガムシャーに射す光』であり、この作品については第二章で詳述するが、協同作業を通じた作品作りは、これ以後チャーチルにとって非常に重要な要素となる。

また、『ヴィネガー・トム』にしても、『バッキンガムシャーに射す光』にしても、いずれも先方から企画を提案され、それに興味を示したチャーチルが劇団員とともに題材について学ぶプロセスのなかから生まれた作品であることは興味深い。こうした、多様な題材やテーマとの出会いを積極的に受容していく力が、チャーチル作品に豊かな多様性と個人的な経験を超えた社会的な視座を与えているように思われる。ルーマニア革命の渦中にある人々を描いた中期の代表作『狂える森』(一九九〇)もまた、ジョイント・ストック劇団の仲間であったマーク・ウィング＝デイヴィー(一九四八―)の発案で始まったプロジェクトであったことも、こうしたチャーチル演劇の特性を示す好例と言えよう。

本書の構成

すでに述べたように、チャーチルの演劇は社会主義フェミニズムという枠のみでは捉えきれない多様な要素を含み持っているが、その一方で、父権制、新自由主義、全体主義といった、さまざまな社会に浸透している抑圧的な権威のなかで、人々がいかに非人間化され得るかという社会主義やフェミニズムに通底する問題意識は、ほぼすべての作品に一貫している。以下の各章では、彼女の代表的作品を緩やかに時系列順で分析し、通読後にその多様性と一貫性の同時存立が明らかになるように努めた。同時に、彼女の作風が変化していくさまを事前に大掴みに頭に入れていただくため、便宜的に左のような表を作成してみたが、これはあくまで全体像を概括するためのおおまかな見取り図であり、個々の作品にはこうした図式化を超える独自の声があることは言うまでもない。

年代	特徴	代表的な作品	関連する章
1960年代	ラジオドラマの領域での活動。精神分析的な知見を踏まえたブッキッシュな作風。	『恋わずらい』 『シュレーバーの神経症』	第一章
1970年代	舞台劇への移行。ワークショップをもとに脚本を執筆する協同的な劇作を取り入れる。資本主義的競争社会への批判が鮮明な作風。	『所有者たち』 『バッキンガムシャーに射す光』	第二章
1970年代後半〜1980年代頭	フェミニズムの主題が鮮明になるとともに、シュールレアリスムを取り入れた不条理演劇的な劇構成が目立つようになる。	『クラウド・ナイン』 『トップ・ガールズ』	第三章 第四章
1980年代	これまでとは異なる作風に意欲的に取り組み、現代版風習喜劇や、非言語的パフォーミング・アーツへの歩み寄りを試みる。	『シリアス・マネー』 『小鳥が口一杯』	第五章
1990年代〜2000年	東欧革命、環境問題、テロと暴力など、切実な時事問題にコミットする主題を積極的に取り上げるようになる。	『狂える森』 『スクライカー』 『はるか遠く』	第五章 第六章
2000年代以降	多様な政治と倫理の問題を取り上げつつ、その表現方法の脱テクスト性が強まる。ポストドラマティック的な作風。	『ナンバー』 『七人のユダヤ人の子供たち』 『愛情と情報』	第七章

まず第一章では、チャーチルのラジオ・ドラマ時代の作品を扱う。すでに述べたように、幼い子供たちの世話に追われ、家から離れることができなかった時期のチャーチルにとって、比較的短い分量で完結し、かつ一人で執筆できるラジオ用の脚本は、自分の生活に合致した媒体であった。だが、一人で書けるということは、ある意味では社会から隔絶されていると感じていたチャーチルの不安や焦燥をさらに突き詰めて考えさせることにもなった。この章では、彼女のラジオ・ドラマ作品のうち、特に当時の精神医学に疑義を唱えた『恋わずらい』（一九六六）と『シュレーバーの神経症』（一九七二）を取り上げ、これら「声のドラマ」が精神医学とセクシュアリティという一貫した主題を発展させながら、ラジオ・ドラマから舞台へとチャーチルが表現媒体を移してゆく前段階になっていることを考察する。

第二章では、まず第一章からのミッシング・リンクとして、『シュレーバーの神経症』とほぼ同時期に書かれ、長らく上演されることのなかった戯曲『革命時の病院』（一九七二執筆、二〇一三初演）を紹介した後、職業劇作家としての初作品『所有者たち』が示す、資本主義的な所有の概念に対する批判というチャーチル劇の新しい主題を確認する。章の後半では、ジョイント・ストックの劇団員たちとの協働を通じて、その主題を一七世紀イングランドという歴史的文脈のなかで描き出した『バッキンガムシャーに射す光』について検討する。内乱期に起こった革命ではなく、レヴェラーズ運動という起こらなかったプロト・コミュニズム革命に焦点を当て、場面によっては異なる役者によって演じられるさまざまな立場のキャラクターたちが階層横断的に声をあげるこの芝居は、個人の内面を掘り下げるよりも社会そのものを描出しようとする点で、また古典的な意味での〈物語性〉から距離を置き、ブレヒトのいう叙事演劇的な構成を持っている点でも、その後のチャーチルの作品傾向を明らかに示している。

第三章では、執筆前のワークショップを重視し、そのなかで生まれてきた複数の多様な声を舞台の上に表出させるチャーチル作品の特性を初めて十全に示した初期の代表作『クラウド・ナイン』（一九七九）を扱い、ジョイント・ストックとの協働のなかから生まれたこの戯曲が、父権制社会における〈性の政治学〉の諸問題を踏まえた上で、そこからいかに人は自由になるべきかを提示しているかを考える。また、チャーチルがアメリカの女性劇作家エミリー・マン（一九五二－　）と対談をした際に、『クラウド・ナイン』がニューヨーク公演ではイギリスでの公演と演出意図が変わり、ベティというキャラクターに焦点を絞った個人主義的な効果を狙っていたと語った点に注目し、チャーチル自身が『クラウド・ナイン』に込めた狙いや、彼女がアメリカと比較してイギリス的だと感じたフェミニズムがどのようなものであるかを確認したい。

第四章では、マーガレット・サッチャー（一九二五－二〇一三）がイギリス初の女性首相となった時期に上演された、『クラウド・ナイン』に並ぶ代表作『トップ・ガールズ』（一九八二）を取り上げる。本作の主人公マーリーンは、サッチャーが標榜した新自由主義を体現したような女性であるが、古今東西のトップ・ガールズが集まってマーリーンの昇進祝いをするシュールな第一幕が実際には女性同士の連帯を示さないことや、第二幕以降で徐々に明かされるマーリーンと家族との関係が、女性が男性的な競争原理を内面化してそこで勝利することが本当に女性の解放につながるのか、そうした競争社会でもっとも自律性を阻害され、踏みつけにされてしまうのは子供なのではないか、といった問いを作品が投げかけている可能性について論じる。

第五章では、八〇年代のチャーチルが作風の変化に意欲的に取り組んだことを簡単に紹介した後、一九八九年に起こったルーマニア革命に触発された作品『狂える森』（一九九〇）を、彼女のキャリアの転換点として取り上げる。『狂える森』は前述の通り、マーク・ウィング＝デイヴィーに誘われて加わったイギリスの演劇学校とルーマニアの演劇学校との共同企画の脚本であり、二人が実際にルーマニアを訪れて現地の人々の話を聞き、その経験をもとにチャーチルが書き下ろした作品である。だが、革命前後のルーマニアを市井の人々の眼差しで切り取った本作が何よりも重要視しているのは、何かを究明したり教えたりしようとすることではなく、むしろ「分からない」ことを誠実に「分からない」と受け止める態度であることを、具体的なテクスト分析から検討する。

第六章では、チャーチルの中期以降の代表作と目される『はるか遠く』（二〇〇〇）を取り上げる。一人の少女が全体主義的な国家教育によってその自律性を蝕まれ、最後には地上のあらゆる生物や無生物までもが関わるポストヒューマン的な世界大戦で暗殺者となってしまう本作はしばしば、二一世紀の民族紛争やテロの時代を予見する作品であると解釈されてきた。だが本書ではエコロジー文学という観点から、『はるか遠く』を比較的マイナーなダーク・ファンタジー劇『スクライカー』（一九九四）とともに読み、両者が哲学者ティモシー・モートンの提唱する「ダーク・エコロジー」の概念——環境を善や美という概念に当てはめて美学的に馴致することの偽善性を問題視し、エコロジーを徹底的にダークな他者として受け入れる必要性を説く立場——をいわば予見的に舞台化した作品として解釈する可能性を探る。

本書の最終章である第七章では、二一世紀に入ってからのチャーチルの代表的作品を簡単に振り返るが、中心となるのはクローン羊ドリーの誕生によりクローン技術に対する議論がイギリスで盛んとなった時期の作品『ナンバー』(二〇〇二)である。利己的な父親が理想の息子を手に入れようと、息子のクローンを作って子育てをやり直す本作品についてチャーチルは、クローン技術そのものについての芝居ではないが、単なる便宜的な装置としてクローン技術を利用したのでもないという旨のことを述べている。彼女の言を補完すれば、この芝居の主題は父と息子の確執にあるのだが、その確執を同時代的な切実さをもって炙り出すためにはクローンという設定が必須であった、ということになろう。クローン羊ドリーが当時のイギリスに突きつけたのは、科学の問題と同時に「家族」の問題でもあったことを、『ナンバー』はまざまざと示してくれているのだ。

中期以降のチャーチルはこのように作品の主題を国内外の時事問題から拾ってくることが多いのだが、第七章が扱うもう一本の戯曲『七人のユダヤ人の子供たち』(二〇〇九)は、とりわけ時事性が強い。これは二〇〇八年一二月二七日のイスラエル空軍によるパレスチナ自治区のガザ地区全土への大規模空爆から始まったガザ紛争に対する直接的に政治的な芝居であり、チャーチルは本作によって反ユダヤ主義者であるという批判も招いた。この時すでに彼女は七〇歳を超えていたが、その作品の前衛性には一切衰えがない。それは作品が訴える政治的メッセージの強さのみならず演劇形式においても言えることであり、『七人のユダヤ人の子供たち』や『愛情と情報』(二〇一五)といった近年の戯曲は、脱テクスト中心主義的な「ポストドラマティック演劇」の様相を呈しているのだ。

これらチャーチルの長きにわたるキャリアを七つの章にわたって概観し、彼女がその時々に重要と思われる社会問題へコミットする作品を世に生み出し続けてきたことを確認してなお、その根っこにある核のようなものを捕まえられるとすれば、それは〈子供〉というモチーフかもしれない。初のラジオ・ドラマ『蟻』（一九六二）から、『七人のユダヤ人の子供たち』の舞台上には決して登場しないが重要な意味を持つ七人の少女たちに至るまで、チャーチルが扱う社会の問題は、具体的には子供たちの姿を通して炙り出される。子供がある社会でどのように遇されるかということは、その社会がおのれの未来をどのように作っていこうとしているのかの証左である。本書により、チャーチル演劇が多様な関心や形式を内包し、変化し続けていることを示すとともに、その背後には一貫して〈子供への眼差し〉があることにも光を当てることができれば幸いである。

註

1　以下、本書における、デジタル版の新聞記事などページ・ナンバーのないテクストの括弧内傍証については、作者とタイトルの略称のみを本文中に示し、URLなどのアクセス情報は巻末の引用文献一覧で示すこととする。

2　以下、本書におけるキャリル・チャーチルの伝記的な事実の描写については、原則として Mary Luckhurst, *Caryl Churchill*（2015）に拠り、必要に応じて Elaine Aston, *Caryl Churchill*, 3rd ed.（2010）も参照している。

3　ＢＢＣのウェブサイト上にあるアーカイブ「ＢＢＣの歴史」では、一九六〇年代のラジオ・ドラマ再興について、マーティン・エスリンや、チャーチルのラジオ・ドラマの多くで演出を担当したジョン・タイドマン（一九三六–二〇二〇）らのインタヴュー音声を聞くことができる。“The Strange Survival of Radio Drama” 参照。

4 当時、英語圏の社会に大きな影響を与えた著作としては、ケイト・ミレットの『性の政治学』（一九六九）や、ジャーメイン・グリアの『去勢された女』（一九七〇）などが挙げられる。これらのいずれもが、男性中心的な社会で女性のセクシュアリティがいかに抑圧されてしまうかについて論じた書であることと、『恋わずらい』や『クラウド・ナイン』といった初期チャーチル作品の多くが、（女性にかぎらず広範な文脈における）セクシュアリティの問題を扱ったものであることには重要な関係があるのだが、この点は第三章で詳しく論じる。

第一章　ラジオ・ドラマと精神医学
――『恋わずらい』と『シュレーバーの神経症』に見るセクシュアリティの問題

原点としての『蟻』

序章で言及したように、チャーチルの劇作家としてのキャリアはラジオ向けのドラマ脚本の執筆から始まったのだが、それはもともと本人が意図していたことではなかった。チャーチル自身の説明によれば、一九六一年に彼女のデビュー作（学生時代のアマチュア上演を除く）となる『蟻』（*The Ants*）を執筆していた時、彼女は「テレビ向けの芝居を考えていたのだが、著作権エージェントのマーガレット・ラムジーが賢明にもその原稿をラジオ局に送ってくれ」（*P1* ix）、マイケル・ベイクウェルの演出で放送されることとなった。[1]『蟻』は、主人公の少年ティムが預けられている海辺の祖父宅のベランダを舞台とする、空間的な動きが抑制された物語であり、物語のほとんどはティムの独白ないしは彼と祖父の対話を通じて進んでいく。このような設定を見るだけでも、確かに本作品は声のドラマに向いていると言える。加えて、三人の幼い子供たちを抱えて自分の創作活動にまとまった時間を取ることができなかった一九六〇年代のチャーチルにとっても、一本の作品の長さが比較的短く、基本的に一人で執筆できるラジオ向けドラマという選択肢が与えられたのは渡りに船であった。彼女がその後一〇年にわたってラジオを主たる活動の媒体とすることを考えると、ラムジーはチャーチルのキャリア形成の道筋をつける重要にして賢明な判断をしたのだと言えるだろう。

タイトルの『蟻』は一義的には祖父宅のベランダにいる蟻たちのことを指すが、人間一般の比喩にもなっている。作品の冒頭でティムは、体の大きさや何を運んでいるかによって蟻の各個体を識別しようとしており、特にお気に入りの個体には「ビリー」という名前をつけている。だが、ベランダという狭い空間のなかで自分の周囲を人間化していこうとするティムの試みは、作品が進行するにつれて無惨に掘り崩されていくこととなる。どうやら彼の両親は離婚調停中で、ベランダから一望できる砂浜で話し合いをしているものの、ティムには遠すぎて彼らが何を言っているのか聞き取ることはできない。また、祖父が読み上げる新聞の見出しからは、外界では戦争が起こっており、空爆で一万人の死者が出たことが分かるが、祖父はまったく無感動に「死者一万人。ふん。タイピストがインド王族と結婚。大統領の愛犬が子犬を出産。〔……〕新聞には何も大したことは書いてないな」(*The Ants* 94)と、そのほかの他愛もない報道の見出しと戦災とを並置して同質化してしまう。祖父はさらにティムに向かい、「蟻には想像力なんてない。人間とまったく同じだ。高い建物のてっぺんから人の群れを見たことがあるか? うろうろしてるのを。いつか高い建物のてっぺんから人の群れを見てごらん。ただの動き回るへんてこな文様だよ」(*The Ants* 95)と語りかける。

ここではいわば、箱庭的な閉じた空間でティムによって行われる蟻の擬人化の試みと、外界で広く行われ、祖父がその代弁者となっている人間の非人間化が対比的に提示されているのだが、外界の力は次第に少年を圧倒していく。砂浜から戻って来た両親が目の前で自分の親権をめぐって罵り合うのを見た少年は、祖父との会話の影響もあってやがて自分の腕を這い登る蟻に恐怖を抱くようになり、最後には、祖父が蟻に灯油をかけて焼き殺してしまうのを見守りながら「悲鳴のような笑い声をあげる」(*The Ants* 103)。批評家ジェラルダイン・カズンは、『蟻』について、全体として孤独な少年の苦しみと外界の人々の苦しみは交わり合うことなく、少年は孤独なままであるとしつつも、この陰鬱な終わり方のうちに「ある種のつながりが形成される」(Cousin 69)と論じている。なぜなら、「蟻の焼殺は、戦争の犠牲者と育児放棄の犠牲者両方を代理表象するものであり、祖父宅の自己中心的世界に、はるか遠くで起こっている苦しみを近づける働きを持っている」(Cousin 69、傍点筆者)からである。

　カズンの解釈は、『蟻』が孤立した少年の苦しみを描く一方、後年のチャーチルに顕著な社会的視座をすでに有していることを指摘する鋭い知見と言えよう。また、カズンの論考は一九八九年に発表されたので、この時点での彼女は九〇年代以降のチャーチルの作品を知り得ないのではあるが、本書の観点から見れば後年の『はるか遠く』(二〇〇〇)ではより実験的な形式で打ち出される、戦争で荒廃した世界の価値観を子供が内面化し、「はるか遠く」のこととして自分と切り離すことで自らが加害者となっていく問題を、デビュー作がすでに取り上げていることは興味深い(『はるか遠く』については、第六章においてエコロジー批評との関係から詳しく論じる)。チャーチル演劇が一貫して示してきた、小さき個人の問題をより大きな社会構造の問題と重ね書きして提示するドラマツルギーは、すでに『蟻』にも胚胎しているのだ。

本章では、チャーチルのラジオ・ドラマのうち『恋わずらい』(*Lovesick*, 1966)と『シュレーバーの神経症』(*Schreber's Nervous Illness*, 1972)を取り上げ、これらの芝居では、社会から孤立して断片化された個々の人間の内面が、当時の精神医学にまつわる言説を批判的に用いながら掘り下げられていることを検証する。

『恋わずらい』の権威的語りとセクシュアリティの多様性

チャーチルが幼児を抱え、社会から隔絶されたような不安と不満の気持ちを抱えながら執筆していた初期のラジオ・ドラマは、彼女自身の生活環境を反映してか、しばしば閉所恐怖症的な孤絶した空間における、ばらばらの個々人の内面をえぐっていくような作品が多い。たとえば、『中絶』(*Abortive*, 1971)は、中絶手術を受けたばかりの妻とその夫がベッドのなかで交わす会話から構成されていて、しかも二人は主として妻と関係を持った男について話をしているため、親密空間であったはずの夫婦のベッドのなかで不在の男の存在感をひしひしと感じているという、〈声の芝居〉にうってつけの閉鎖的で圧迫感のある劇空間を作り出している。また、『酸素が、た、た、た、たりない』(*Not Not Not Not Enough Oxygen*, 1971)では、大気汚染が進んで酸素ボンベなしでは外界に出られない近未来(ただし、劇中の時間は現代の我々から見れば過去の二〇一〇年)で、高層住宅の一室を舞台に繰り広げられる家族の愛憎を描いており、タイトルや設定が示す物理的かつ比喩的な「息苦しさ」は、どこかサミュエル・ベケット（一九〇六－八九）の『エンドゲーム』（一九五七）における終末世界を思わせる。

こうした、閉塞状況にある個々人の精神を掘り下げていくという作品傾向にふさわしく、この当時のラジオ向けの戯曲には精神医学――より正確には、精神医学に対する批判的な視座からの検討――をモチーフにしたものが何本か見受けられる。その最初のものが、一九六七年四月八日にBBCラジオ3で放送された『恋わずらい』だが、本作は精神分析医ホッジを狂言回しとするブラック・ユーモアに彩られた笑劇であり、またセクシュアリティの問題を特に焦点化している点で、『蟻』や『中絶』、『酸素が、た、た、た、た、たりない』といった作品とは異なる趣を持っていると言えよう。

ホッジは作品の語り手にして自分が語る作品内物語の登場人物でもあり、作品の内外を自在に行き来しながら主として（自分が属する作品内世界の登場人物たちではなく）ラジオの向こうにいる聴衆に向かって語りかける。この傾向は特に作品の前半に顕著であり、登場人物の全員が彼の患者とその関係者であるという設定と相まって、その関係性において圧倒的優位に立つ医師が周囲の人間を分析しているような印象を聞き手に与える。実際にホッジは作品の冒頭で、自分が診察した連続レイプ殺人犯であるスミスという男を自身の治療の成功例として紹介し、続いて「わたしはエレンのことだって解剖できたのだ」（*Shorts* 3）と述べて、自らを〈解剖する主体〉に、そしてエレンという〈聞き手には未知の〉女性を〈解剖される客体〉に配置する。いわば彼は、一九六〇年代のヨーロッパ思想史に大きな影響を与えたミシェル・フーコー（一九二六－八四）の『狂気の歴史』（一九六一）が明らかにした、一八世紀末に狂気が疾患とみなされるようになると狂気の聖性が失われ、狂人の沈黙の上に理性の言葉としての精神医学の言語活動《ランガージュ》が権威化されていったという構造をそのまま体現したような語り方でもって、この劇を始めるのだ。[2]

　ホッジがこの冒頭の独白を、患者のカルテを読み上げるような調子で「マクナブ、エレン。三〇歳、既婚、子供三人。鬱の症状が見られるが、深刻ではない。明瞭な病因あり」（*Shorts* 3）と語って、彼が言うところの「解剖」を早速実践すると、その語りに突如エレンの個人的発話《パロール》が介入し、「夫はいつも私が不倫をするだろうって確信してた。最初のうちは私も、しない、しない、ってよく言ってたけど」（*Shorts* 3）と述べる。ただし、これは聴衆におそらく彼女が診察時に発した言葉であろうという印象を抱かせるため、この時点では、個人的発話《パロール》の介入がホッジの権威的な自意識を脅かすようなことは起こらない。ホッジが次々と「ケヴィン、ゾロトフ、ケヴィン、二五歳」（*Shorts* 3）、「ゾロトフ、ゾロトフ、ロバート、ケヴィンの弟」（*Shorts* 3）、「ゾロトフ、ジェシカ、離婚歴あり、上記ロバートおよびケヴィンの母」（*Shorts* 3）と、症例報告の文体で登場人物を紹介すると、紹介された人物がひとこと述べるというパターンがここで繰り返されることも、医者と病者という権力関係を強化しているような印象を与える。

　しかし、こうした分析的語りと登場人物同士の会話が交互に繰り返されることで徐々にラジオの前の聴衆に明らかになってくる人間関係は、ホッジが確立しようとするそのような二元法的な関係を掘り崩すものである。まず、この作品で展開する人間関係はかなり入り組んだものであり、そのために聴者はうっかり見過ごしかねないのだが、冒頭でホッジが言及したエレン・マクナブを始め、多くの登場人物は実際は患者として彼の前に現れたわけではない。彼の方で彼ら彼女らがあたかも自分の「患者」であるかのように扱い、そうなるように誘導しているのだ。ことの発端は、ホッジと旧知の仲であるマックスという男が、ルーシーという妻がありつつジェシカとも恋愛関係になり、ジェシカの二人の息子ケヴィンとロバートが母親から離れないので逢瀬の時間が取れないとホッジに相談したことにある。ホッジは、二人の息子をジェシカから遠ざける手助けをするため、マックスとともにゾロトフ家に出入りするようになるのだが、ジェシカの相談などに乗っているうちに信頼され、「エレンに、おばさんのことでホッジ先生を推薦したらどうか言ってみようと思う」（*Shorts 5*）と、ジェシカが言い出すことになるのだ。

かくして、友人マックスの愛人ジェシカを介し、アルコール依存症の叔母を持つエレンと出会ったホッジは、薄汚れた姿の彼女を一目見て、「学校で、ほぼ毎朝汚れた服を身にまとい、一〇年経ってもとても真似したくないような口調で私を罵り、一度私を運河に突き落とした背の高い少年」（*Shorts 7*）を思い出す。その一方で彼は、「私を惹きつけたのはエレンの汚さや醜さではなく、その美しさだった。美しさがその他の要素を凌ぐほどに大きかったにちがいない」（*Shorts 7*）とも述べており、微妙な矛盾が見られるのだが、ここからはホッジが、自分が恋をしたエレンに対して魅力と恐れを同時に感じていながら、後者を抑圧していた可能性がほのめかされている。一方、エレンはジェシカの息子であるケヴィンに恋をしているのだが、ケヴィンはゲイ（ないしはバイセクシュアル）であるために二人の関係は常に緊張を孕んでおり、恋愛という人間関係のなかでホッジがそこに介入する余地などない。作品内の一登場人物としてのホッジは自分の周囲の人々を好きなように管理支配などできないからこそ、精神分析医としての彼は周囲の人間を、「うつ病者」（ジェシカ）、「同性愛者」（ケヴィン）、「無意識的に同性愛者を選んで恋をする男性恐怖症の女」（エレン）などと、当時の精神医学のカテゴリーに従った病名を一方的につけて、自分の〈患者〉として把握しようとしているのである。

この時、ホッジが周囲の人間に当てはめる病例の多くがセクシュアリティに関係するものであることは興味深い。なにしろホッジは友人マックスについても、彼の誇示的な男性性と色好みは仮面ではないかと疑っており、自分の周囲の人間をみな、レベルの差こそあれ性的異常者に分類する傾向があるのだ。こうしたことを考慮に入れれば、『恋わずらい』（*Lovesick*）というタイトルには、登場人物たちが互いに別の相手に抱く報われない片恋の気持ちを示す以上の重層性――多様な性愛を〈病《やまい》〉の領域へと疎外する正常／異常の二分法的イデオロギーへの皮肉――が込められているのではないだろうか。イギリスの精神医学史において、いかに同性愛が精神疾患としてスティグマ化されてきたかについて論じたマイケル・キングとアニー・バートレットによれば、そもそも性的なふるまいを医学的な治療対象とする態度はリヒャルト・フォン・クラフト゠エビング（一八四〇－一九〇二）の『性的精神病理』（一八九二）に始まるが、イギリスにおいてはハヴロック・エリス（一八五九－一九三九）がジョン・アディントン・シモンズ（一八四九－九三）の協力のもと著した『性的倒錯』（一八九七）が、同性愛や異性装をこうした「病名」の対象に含めた嚆矢である（King and Bartlett 107）[3]。かくして、中世以来ヨーロッパで連綿と続いてきた異性愛の規範化に「性科学」という新しい権威が付与されることとなり、チャーチルが『恋わずらい』を執筆していた一九六〇年代後半には、同性愛者を行動療法によって治療する試みが一般的に行われていた。

こうした例のひとつとして、ニール・マコナキーが一九六九年に発表した論文「同性愛的衝動に対する嫌悪―緩和療法および アポモルヒネ嫌悪療法を受けた後の、主観的反応およびペニスの体積膨張度」を挙げることができるだろう。ここでマコナキーは、被験者（全員が男性）に同性愛的興奮を喚起するスライドを見せ、グループによってタイミングをずらしながら、電気ショックを与える、ないし催吐剤としてアポモルヒネを投与するという嫌悪条件付けを行い、その後に異性愛的興奮を喚起するスライドを嫌悪条件付けなしで見せた。このような実験を一週間行い、その二週間後に被験者の調査を行なったところ、電気ショックによる嫌悪―緩和療法を受けた者よりも、アポモルヒネの投与による嫌悪療法を受けた者の方に多く同性愛的感情の減退が見られたと報告した上で、「同性愛的感情の減少を、治療状況下で条件付けられた反応とのみみなすことはできないと指摘され得る」と結論づけている（McConaghy 729）。これは嫌悪条件付け療法が効果的だと言っているのか、そうでないと言っているのか、どちらとも取れる曖昧な言い方だが、結論がそのようにどっちつかずになっていること自体に、人間の性的指向を矯正可能な病と捉える態度の無理がにじみ出ていると言えよう。

しかし、ホッジはまさに無理を通して道理を引っ込めるタイプの精神科医である。エレンに自分の仕事の内容について説明をする際、まずパヴロフの犬の説明をするような態度から明らかなように、彼は催吐剤を用いた嫌悪条件付け療法で人間の精神を自在に操ることができると考えているのだ。エレンの心がケヴィンに向いていることが許せないホッジは、ケヴィンとエレンを自身の医療施設に入院させて嫌悪条件付け療法を施そうとするが、それは治療とは名ばかりの条件付けによる洗脳で、まずケヴィンについてはその同性愛傾向を強化してエレンに見向きもしないように誘導する一方、エレンについてはケヴィンに対する嫌悪条件付けと自分を愛する快楽条件付けを同時に行うというのが彼の「治療計画」なのである。だが彼は、彼らの入院治療中は「毎日エレンの病室の閉じたドアの前を通り過ぎるという精神的緊張」（*Shorts* 15）に耐えきれず、実際の治療を助手のジェンキンズに任せて休暇を取ろうとする。

ホッジがここまで語るとケヴィンの弟ロバートの声が介入してくるが、この場面におけるロバートの声は、これまでのようにホッジの優位性を担保するものではなく、むしろ彼を脅かすものであり、いわば作品が転調する瞬間になっている。

ロバート　ケヴィンに何をするつもり？
ホッジ　治療だよ。
ロバート　別に病気じゃないだろ。
ホッジ　同性愛者だよ。
ロバート　そうだな。それに瞳は茶色だな。だから何？（*Shorts* 15）

ロバートはここで、二〇世紀末にようやく国際的に認められるようになった、性的指向性は疾患ではないという考え——世界保健機関（ＷＨＯ）が「同性愛」を病気のリストから外したのは一九九〇年のことである——を早くも明瞭に提示しているのだが、ただしロバート本人によればこれは何も兄弟愛やリベラリズムから生まれた意見ではない。彼はただ、ホッジが二人（特にエレン）に何をするつもりなのか興味があるのだという。何故ならロバートは、「あんただって、自分が決してエレンを手に入れることはないって、本当は分かってる」（*Shorts* 16）はずだと考えているからだ。

だがこれに対し、ホッジは「どんな人間関係だって、私の手に負えないものはないよ」（*Shorts* 16）と反論し、母親べったりのロバートのことも、分析することで自分の管理下に収めようとする。ホッジの診断では、兄弟はそもそもジェシカという所有欲の強い母親に育てられたため、母離れができていない。二人が母の愛人であるマックスを嫌うのは、まだエディプス・コンプレックスを克服できておらず、無意識では「母親と寝たいと思っている」（*Shorts* 16）からだという。

ロバート　そうだけど。
ホッジ　そうだ、えらいぞ、ロバート、向き合うんだ、心の底ではそう思ってるんだ、しかも正常な人間よりもかなり強くな。ケヴィンの同性愛感情の背後にあるのもそれ――
ロバート　俺が言ってるのは、実際に母親と寝てるってことだけど。（*Shorts* 16-17）

近親相姦についてのロバートの衝撃的な告白とともに二人の会話はぷつりと途絶え、作品の声はホッジから聴衆に向けた回想の語りへと切り替わるが、それはホッジにとって失敗と挫折の告白でしかない。ホッジが休暇へと旅立った後、彼がジェンキンズへ渡した指示書はロバートによってすり替えられたため、彼が戻ってみればケヴィンは条件付けられた自己嫌悪とホッジへの愛情に苦しみ、異性愛者だったエレンは同じく条件付けによって同性愛的な感情を女性看護師に抱くようになっていたのだ。同性愛を「疾病」と分類し、近親相姦的欲望をエディプス・コンプレックスの表れとして片づけるホッジの世界観を、ロバートが先の引用でやすやすと掘り崩していたことからも分かるように、現実には利己的な精神科医の「手に負えない人間関係」などいくらでも存在し得ることを、この作品のクライマックス近くに置かれたロバートとホッジの会話は聴衆に訴えているのである。

物語の最後では、ケヴィンが自己嫌悪のあまりに自殺したことが伝えられ、ホッジ自身はエレンへの気持ちを断ち切るために、自らに嫌悪条件付け療法を施す。その一方で、ホッジの「治療」を免れたマックスは、ジェシカとの婚外関係が挫折した後に妻と話し合い、過剰な男性性の誇示を捨てて自分が心から楽しくいられる生き方を発見する。それは車のディーラーの仕事を辞め、ピンクのシルクのブラウスを身にまとい、一日台所に陣取って妻ルーシーのために食事の支度をする主夫となることである。一方のルーシーはフルタイムで働きに出ることになったが、「ぼくと同じくらい幸せで、六着もパンツ・スーツを買ったばかり」（*Shorts* 17）だと、マックスは語る。『恋わずらい』は、同性愛者、近親相姦者、異性装者など、当時の精神医学が病者と認識していた人々を次々に登場させ、当時の精神医学的言説がいかに暴力的に多様な人間のセクシュアリティ――ひいては人間性そのもの――を病理として歪めているかを、ブラック・ユーモアを用いて暴いているのである。

『シュレーバーの神経症』に見る脱男性化の効用

チャーチルが精神医学を中心的な主題とした次のラジオ・ドラマは、一九七二年七月二五日にBBCラジオ3で放送された『シュレーバーの神経症』である。これは、チャーチル自身が著者注で明示しているように（*Shorts* 58）、ダニエル・パウル・シュレーバー（一八四二―一九一一）というライプツィヒ生まれの裁判官による、自らの精神疾患の回想録『ある神経病者の回想録』（一九〇三、邦訳タイトル『シュレーバー回想録』）を下敷きとしており、実際にラジオ・ドラマで語られる台詞のほとんどは同書を忠実になぞっている。[4] チャーチルが独自に加えた台詞がきわめて少ない本作は、いわば『シュレーバー回想録』を構成する言葉を一度解体してチャーチルの解釈の元に再構築した、構造の妙を重視した作品と言える。

まずは、シュレーバーという人物とその病歴について簡単に確認しよう。シュレーバーは一八六四年にライプツィヒ大学法学部を優秀な成績で卒業し、若き日より順調にザクセン王国法曹界でのキャリアを積み重ねた。だが一八八四年にドイツ帝国議会選挙に立候補して落選すると、精神を患ってライプツィヒ大学附属病院精神科に半年間入院し、そこでフレックシヒという教授の診察を受ける。退院後は裁判所に復職して再び順調な職業生活を営み、一八九三年にはザクセン王国控訴院（最高裁判所にあたる裁判所）の民事部部長に就任する。これはザクセン王国の法曹界においては最高位の控訴院院長に次ぐ高位であり、五一歳での任命は異例の若さであった。だが、自分より年上の部下たちに気を遣いながらの業務の重圧に疲弊したことなどもあって、シュレーバーは再び精神のバランスを崩す。彼は、信頼して措く能わざるフレックシヒ教授の診察を受けることにするが、今回の症状は重く、フレックシヒ教授が自分の魂に働きかけて自分を害せんとしているという確信を抱く。半年間ほどのライプツィヒ大学附属病院入院の後、リンデンホーフ私立精神病院——ここに入院していたのは二週間程度のことで、『シュレーバー回想録』中では、シュレーバーはこの病院を「ピーアゾン博士の施設」または「悪魔の厨房」と呼んでいる——を経て、彼はドレスデン近郊にあった王立精神病院ゾンネンシュタインに転院し、一八九四年から一九〇二年までの八年余りをこの病院で過ごした。当初は幻覚や幻聴が強く、意思疎通が困難な状態であったが、ゾンネンシュタイン長期入院の最後の時期にあたる一九〇〇年から一九〇二年にかけて病状が改善し、その時期に執筆されたのが『シュレーバー回想録』である。また、この時期は病状の改善という同じ理由により、シュレーバーは繰り返し、自分の禁治産処分を解いて自宅に返してもらいたいとゾンネンシュタイン王立病院での主治医ヴェーバー博士に申し入れており、『シュレーバー回想録』の末尾には、一八九九年から一九〇二年にわたって続いた禁治産宣告取消訴訟の記録が「資料」として掲載されている。

一方、チャーチルの『シュレーバーの神経症』は、『シュレーバー回想録』の本編であるシュレーバー自身の言葉と、巻末資料として掲載されたヴェーバー博士の複数の鑑定書（一八九九、一九〇〇、一九〇二）および王立控訴院で一九〇二年七月一四日に言い渡された禁治産宣告取消を認める判決の全文とが自在に組み合わされ、各々から採られた言葉が、台詞として交互に語られる構成になっている。つまり、作品では一貫して、神経症患者シュレーバーの私的発話《パロール》と医師や裁判官が公の場で発する言語活動《ランガージュ》が緊張関係のもとに併置されているのである。その点では、『シュレーバーの神経症』は、前節で論じた『恋わずらい』とよく似た構造を持っているのだが、『恋わずらい』におけるホッジがロバートの声に脅かされたような瞬間は、このラジオ・ドラマでは訪れない。『シュレーバーの神経症』では、私的／公的な二種の語りは最初から最後まで交わることなく、互いに一方通行の語りを続けるだけである。本作は、副題のない第一部から「シュレーバーは精神病院退院のために働きかけることを決心する」という副題のついた第七部まで、緩やかに時系列に沿った七部構成になっており、作中のシュレーバーは神経症の発症から禁治産宣告の取消判決までを、神が彼に語りかける際の媒介であったという「光線」とのやりとりを交えて回想していくのだが、彼がひとしきり語ると、まったく同じ現象に対するヴェーバー博士の主治医としての所見が挟まれるため、聴衆はシュレーバーの内的世界に没入することを許されていないのだ。

しかし重要なことに、これは必ずしもシュレーバーの私的な語りに対する聴衆の共感を削ぐものではなく、むしろ逆の効果を持っていると思われる。二通りの語りが交互に現れるとはいっても分量的にはシュレーバーの語りの方が圧倒的に多い上、材源である『シュレーバー回想録』では時にあまりにも突飛で読者にはついていくのが困難だと思われるような彼の世界認識にも、チャーチルのラジオ・ドラマではヴェーバー博士の所見によって適度な抑制が付与されているため、シュレーバーの話を初めて耳にする聴衆が理解しやすくなっているのだ。『恋わずらい』からの連続性をもった主題として『シュレーバー回想録』がチャーチルの興味を引いた理由のひとつはおそらく、彼の内的な宇宙観とセクシュアリティの問題が密接に関わり合っていることだろう。シュレーバーはまず、昇進の知らせを受け、自分の既往症がぶり返してきたような感覚を抱き、ある朝「性交を受け入れる側である女性になってみるのも、なかなかいいことにちがいないというごく奇妙な感情」（*Shorts* 62）を抱くのだ。[5] その後彼は不眠に苦しみ自殺を図るなどしたため、かつての主治医フレックシヒ教授のもとで治療を受けることとなるのだが、入院した彼はやがて、どうやらフレックシヒ教授が自分の神経回路に働きかけ、操ろうとしているらしいと感じる。

　そこからのシュレーバーの世界認識は壮大である。彼は病状の悪化とともに、自分に語りかけてくる「内なる声」は神が神経回路を用いて人間との交信を試みているものだろうと理解する。神はこの世界を作り直そうとしており、自分の周囲にいる人間はもはや本物の人間ではなく「かりそめに急ごしらえされた者たち」に過ぎず、病室の外の世界はもはや滅亡しているようだ。だが人類のなかから選ばれた一人の義人だけは、女となって次の世界のために子を産まなければならず、どうやら自分はそれに選ばれたらしい。しかしフレックシヒ教授が邪悪にもそこに干渉し、女となった自分を性的に虐待して腐るがままに放置する企みを仕掛けてくるため、自分は女になることに精一杯抵抗し、治療と称する一切の罠を拒否しなければならない。こうした語りからは、ザクセン王国法曹界の高位にある壮年の男性というまさに男性中心的な言語や思考の中心に座していたはずの人物が、自分の精神世界でその転覆と向き合う様子がうかがえるだろう。シュレーバーの語る〈脱男性化（unmanning）〉の想念こそ、『シュレーバーの神経症』を一九世紀末から二〇世紀初頭を生きた歴史的人物を扱いながらも、第二波フェミニズムや後述する反精神医学という一九六〇年代の思想潮流と敏感に響き合う作品にしているのである。

　ここで重要なのは、シュレーバーがやがて「〈世界秩序〉は私が望むか否かにかかわらず、私の脱男性化を要求しているのであり、そうであれば女性になることに折り合いをつけるのが分別というものだと分かってきた」（*Shorts* 78）と述べ、自分の女性化を受け入れる気持ちになると、彼を苛んだ症状がかえって和らいでいき、その代わりに〈官能性〉に意識が向くことであろう。

私の新しい態度は、天体の状況にも影響を与えた。神の光線が私の肉体に官能性を覚えたとすれば、それはそれらがすでに失っていた天上の至福の適切な代替物だったのだろう。今や私の官能性があまりに高まったので、光線のいくばくかは私の体内に入りたがるようになった。そこで私は官能的な感情を涵養するのが私の権利でもあり義務でもあると考えた。〔……〕私は光線を魅了するために、自分が一身にして男でもあり女でもあって、自分のなかでその両者が性交を行なっていると想像した――これは自慰行為とは一切関係ない話である。（*Shorts* 78）

シュレーバーが自らの身体に高い官能性を感じ、かつまたそれを育てようとする告白には、どこかしら後の『クラウド・ナイン』で、自分の性的欲望を認められるようになった二〇世紀のベティが、ヴィクトリア朝時代の自分と抱き合う場面を想起させるような解放性があると言えよう。

一方、シュレーバーと同時代のジークムント・フロイトは、『シュレーバー回想録』を読んで一九一二年に「自伝的に記述されたパラノイアの一症例に関する精神分析的考察」を発表するが、そこで彼が披瀝した解釈は、「同性愛的リビドーの突出こそが〔……〕この精神病発生の契機だったのであり、この同性愛的リビドーの対象はおそらく初めから主治医フレクシッヒであった。このリビドー的活動に対する反抗が葛藤を惹き起こし、この葛藤から精神病的諸現象が発生してきた」(フロイト　一四一)というものであった。つまりフロイトはここで、男性の同性愛的欲望をエディプス・コンプレックスを克服する過程で表出することのある病的傾向と考える彼の精神分析理論の常套句をシュレーバーにも適用し、かつての主治医フレックシヒに同性愛的な感情を抱いていた彼がそれをあまりに強力に抑圧したために、フレックシヒが神と結託して自分を女性化し、性的に虐待しようとしているという妄想を抱いたと分析しているのである。だが、エレイン・アストンがシュレーバーの語りをフェミニズム思想家エレーヌ・シクスー(一九三七–　)の言う「エクリチュール・フェミニン」と結びつけているように(Aston, *Caryl* 10)、『シュレーバー回想録』の言葉をほとんど逐語的に語る『シュレーバーの神経症』のシュレーバーは、むしろ病のなかで男性性という彼の強固な存在基盤のタガを緩めることで自由になり、フレックシヒのことをさほどの脅威と感じなくなっている。だがアストンは、そのような解放が「精神病院という空間のなかでのみ表現可能」(Aston, *Caryl* 10)である点に、シュレーバーの解放の限界を見る。彼女によれば、女性性の抑圧こそが、彼が退院するための必要条件であるからだ。しかし、『シュレーバーの神経症』は、本当にそのような皮肉な結末で終わるのであろうか。

『短編戯曲集』(一九九〇)に収められた作者の覚え書きで、チャーチルはわざわざ「シュレーバーがゾンネンシュタイン精神病院を退院後にどうなったかはよく分かっていない。家族は彼の回想録を買い占めて廃棄したと言われている」(*Shorts* 58)と断り書きを入れているが、ラジオ・ドラマは退院後の彼が自らの生活を語る台詞で終わる。つまりチャーチルは『短編戯曲集』の刊行の際に、たとえ『シュレーバーの神経症』の大部分が『シュレーバー回想録』の組み替えであるとしても、退院後（それはすなわち、『回想録』の刊行後でもある）の語りはチャーチル自身の創作であることを、間接的に読者に示唆しているのである。

裁判所に提出されたヴェーバー博士の鑑定書では女性化の妄想とともに奇声をあげる症状が重視され、それが禁治産宣告を解くことはできない根拠のひとつとされていた。一方、チャーチルの作品における退院後のシュレーバーは、奇声を発する衝動をまだ持っているが、人前で大声をあげそうになった時は数を数えてやり過ごしたり、あくびをしているふりなどして誤魔化すという。

しかし、田舎道や野原などを散歩していて、くつろいだ気持ちになった時は、吠え声が自分の腹から出てくるがままに任せておきます。五分、一〇分と続くようなこともありますが、その間は、とても気持ちがいいですよ。ただ、そんな私を見た人は誰であれ、私が何をしているのかまったく意味がわからず、狂人を見ているのだと思い込むかもしれません。（*Shorts* 93）

これがラジオ・ドラマを締める最後の台詞なのだが、ここからは、他人にとっては狂気の発作であり、自分にとっては解放である〈大声をあげる〉という衝動と、どこか軽やかに付き合っているシュレーバーの姿が感じられないだろうか。なお、劇中のシュレーバーは、退院後はもはや「光線」の囁きは砂時計の砂がさらさら流れる程度にしか聞こえなくなったとも述べているが、その光線が最終場のシュレーバーに

「妻の前で恥ずかしくはないのか」（*Shorts* 93）と語りかけていることも興味深い。これは先に引用した、シュレーバーが自分の女性化を受容するのが分別だと述べた瞬間に「光線」が彼を叱責する言葉（*Shorts* 78）と一言一句変わらないからである。大声をあげることや性的に流動的な自分を受け入れることは、いずれも「光線」の声によって「恥ずかしいこと」とされ、社会的に逸脱した行為として共通性を付与される。しかしそれによって逆説的に、シュレーバーの神経症が彼に与えた豊かな〈逸脱性〉の余韻が病院の外界においてもまだ仄かにきらめいているような、チャーチルにしては珍しく明るい印象を、本作の結末は持っているのではないだろうか。

もちろん同時に、チャーチルがこのラジオ・ドラマを安易なハッピー・エンディングにもしていない点には注意を払うべきである。前述の覚え書きで彼女は「退院の四年後に妻が死去すると、シュレーバーは再び精神病院に入り、五年後にそこで死んだ」（*Shorts* 58）とも付記しているため、『短編戯曲集』の読者は、作中で描かれるシュレーバーの戸外での自由な吠え声が、そう長くは続かないことも同時に感じ取ってしまうからである。文学作品の安易な伝記的解釈は避けるべきにせよ、少なくともここからは、夫との話し合いを重ねて大きく生活様式を変える渦中にあった一九七二年のチャーチルが感じていたかもしれない、より広い世界に活動の場を広げようという期待と、その正否への不安を看取することができるように思われる。

全般的に、初期チャーチルが繰り返し用いた、精神医学の言説をモチーフにセクシュアリティおよびアイデンティティの問題を内省的に追求する作風は、ラジオというメディアによく適合していたと言えよう。だがチャーチルは『シュレーバーの神経症』とほぼ同時期に、共通するテーマを扱ったラジオ向けとも舞台向けとも考えられるジャンル横断的な戯曲、『革命時の病院』を執筆しており、ここでは、実在のアルジェリアの独立運動家・精神科医・思想家であるフランツ・ファノン（一九二五–六一）を主人公に、精神の不調に苦しむ患者たちが、医者であるファノン自身も巻き込んだ〈植民地支配〉というより広範な社会的文脈のなかで考察されている。チャーチルのラジオ・ドラマ時代は単なる修作時代ではないし、この時期の作品群も、不自由な家庭環境から生まれた妥協策でもない。一九六〇年代という時代が提起していた精神医学の問題に一貫して切り込む知性と特に暗いユーモアを併せ持ち、かつチャーチルが舞台作品で追求する社会的な視座をも、既に内包していたのである。

註

1　マイケル・ベイクウェル（一九三一– ）は、一九六〇年代より長きにわたってBBCのラジオ・ドラマ部門で活躍したプロデューサーであり、一九八一年にBBCラジオ4で放送されたJ・R・R・トールキンの『指輪の王』シリーズや、同局で一九八五年から二〇〇七年まで続いたアガサ・クリスティのエルキュール・ポワロを主人公としたラジオ・ドラマで知られる。

2　狂気の沈黙と精神医学の言語活動《ランガージュ》の権威化については、特にフーコー『狂気の歴史』第三部第四章「狂人保護院の誕生」（田村俶訳　四八六–五三二）を参照。なお、『狂気の歴史』が発表直後より、H・C・エリック・ミドルフォードといった歴史家やジャック・デリダなどから、彼が第一部で論じる「阿呆船」について、その歴史的な検証の甘さを指摘されたり、デカルトを狂気の失墜の先駆けと捉える議論に疑義を呈されたことはよく知られているが、フーコーの主要著作を通じて一貫して取り上げられることになる〈まなざし〉による管理・支配の問題がここですでに提起されており、本書の重要性は論を俟たない。

3　ただし、『性的倒錯』出版の経緯はやや込み入っていて、本書はまず一八九六年にドイツ語で出版された。その翌年に英語版が出版されると、すでに没していたシモンズに代わり、彼の妻が共著者としてのシモンズの名前を削除するよう要請したため、後の版では削られている。

4　以下、本稿においては同書を『シュレーバー回想録』と表記する。

5　この台詞は『シュレーバー回想録』では、第四章に出てくる「私はきわめて奇妙な具合に動揺してしまった。それは、性交を受け入れる側である女になってみることもやはり元来なかなかけっこうなことにちがいないという考えであった」（シュレーバー　六二）という告白に相当する。本文で述べたように、『シュレーバーの神経症』においては、個々の台詞の大部分はチャーチルの独創ではなく、『シュレーバー回想録』からの緩やかな引用なのだが、煩雑さを避けるために、これ以降、本書ではチャーチル作品からの引用頁のみを括弧内で引証する。

第二章　支配と所有の問題と協同的な作業の発見
——『革命時の病院』および『所有者たち』から『バッキンガムシャーに射す光』へ

チャーチルの驚異の年

序章および第一章で確認した通り、一九七二年はチャーチルにとって大きな変化が起こった驚異の年であった。私生活では配偶者との話し合いの末に、今後の妊娠の拒否および家庭生活における役割分担の変更、さらにはロンドンを離れる決意をした一方、劇作においては、ラジオから舞台へと活躍の場を移すことになる。この年のチャーチルは非常に多作で、前章で取り上げた『シュレーバーの神経症』のほか、同時期にはフランツ・ファノンを主人公とした『革命時の病院』（*The Hospital at the Time of the Revolution*）という舞台向け作品を執筆するかたわら、『ヘンリーの過去』（*Henry's Past*）というラジオ・ドラマをもう一本、また『判事の妻』（*The Judge's Wife*）というテレビ・ドラマを一本仕上げた上、この年の掉尾を飾る作品として、職業舞台劇作家としてのデビュー作『所有者たち』（*Owners*）をロイヤル・コート・シアターにかけている。

『所有者たち』は、そのタイトルが示すように、資本主義的競争社会で、不動産から配偶者までさまざまな〈所有〉の概念に取り憑かれた者たちと、そこから外れた人々との愛憎を描く群像劇である。特に中心となるのは、強迫観念的にすべてを所有しようとする女性マリオンと、それと対置されるように、諦念をもってすべてを受容する男性アレックであり、本作にはすでにジェンダー・ステレオタイプの脱構築や新自由主義批判など、その後のチャーチル作品の特徴が明瞭に表れている。

だが、チャーチルの作風をひとことで言い表す際にもっともよく使われる「社会主義的フェミニズム」の態度は、フィールドワークやワークショップを重ね、俳優や演出家との協同作業のなかから作品を作り上げる作劇法と切り離して考えることはできない。『所有者たち』は、まだ彼女が一人で執筆していたという点では、チャーチル作品史において画期的というよりは、むしろラジオ・ドラマの延長線上にある作品と考えられるかもしれない。その一方でチャーチルが、マックス・スタフォード=クラークらが立ち上げた演劇集団ジョイント・ストックとともに、初めて構想段階から協同的に作り上げた歴史劇『バッキンガムシャーに射す光』(*Light Shining in Buckinghamshire*, 1976)は、劇作家キャリル・チャーチルの形成において非常に重要な位置を占めていると言える。

第二章では、まず『革命時の病院』および『所有者たち』を論じて、チャーチルの作風が連続性と変化を同時に示していることを検証し、最後に『バッキンガムシャーに射す光』を取り上げて、チャーチルの劇作家としての大きな転機であるジョイント・ストックとの仕事の成果について考察したい。

『革命時の病院』に見る反精神医学の影響

チャーチルが『シュレーバーの神経症』とほぼ同時に執筆し、長らく手元で温められてきた『革命時の病院』は、まず一九九〇年に『短編戯曲集』に収録され、テクストとして日の目を見ることとなった。作品の冒頭に付した自注では、『シュレーバーの神経症』と同様に作品の材源に関する説明があり、「この芝居は部分的に、フランツ・ファノンの『地に呪われたる者』の第五章に基づいているほか、R・D・レインの著作にも多くを負っている」(*Shorts* 96)と記されている。フランス領マルティニク島で生まれた黒人の精神分析医にして革命思想家フランツ・ファノンは、第二次世界大戦中には自由フランス軍の志願兵として戦ったが、戦後はフランスに渡り、リヨンで精神医学を学ぶかたわら、評論活動を始めた。一九五三年一一月には、アルジェリアのブリダ・ジョアンヴィルにある精神病院に精神科医として着任し、翌年に勃発したアルジェリアの独立戦争を直に経験することになる。『革命時の病院』は、この時期のファノンを主人公とし、彼が診察をする患者やともに働く同僚ら多様な立ち位置の人々を描くことで、『シュレーバーの神経症』と連続性を持った精神医学の主題の反復と、その主題を植民地支配というより広い社会的な文脈から捉えようとする新たな試みの両方がうかがえる芝居なのである。

『革命時の病院』には幕割りはなく、それぞれが緩やかにつながった一〇の場面から成り立っている。冒頭の第一場、ちょうど中間点が過ぎた第六場、そして最終の第一〇場でファノンはフランソワーズという一七歳の白人の少女を診ており、ファノンと彼女の関係が作品の構造上の鍵であることがうかがえる。

彼女は「ムッシュー」と「マダム」とのみ記されたフランス植民地における支配階層の夫婦の娘である。ムッシューは革命分子の取り締まりを業務とするフランス政府の行政官で、「国益のためにも」(*Shorts* 105)、娘の精神的な不調により任務に支障を来すのが我慢ならない様子だ。一方のマダムは娘の病状や原因について、すべてを先回りして説明しようとするが、彼女の見立てでは「リヨンの大学に行こうという野心」(*Shorts* 104)のために勉強をし過ぎたのがよくなかったのだという。アルジェリア人の男性患者たちがA、B、Cと記号化され、そのほかの登場人物も、「若い医師」や「警察官」、「男性看護師」など、固有名詞のないなか、ファノン自身を除けば唯一名前を付与されているのがフランソワーズである。彼女がリヨンの大学に進学するというファノン自身の若き日のキャリアを重ねられていることは興味深い。壮年の黒人男性医師と、思春期の白人女性患者は、一見対極に存在しながら、この芝居では共通項を持つ存在としても描かれているのである。

ただし、チャーチルが自ら明かしているように、耐え難い罪責感情に苛まれる爆弾テロ犯や、肌の色が充分に黒くないためにアルジェリア人同胞から臆病者と軽蔑されていると感じる神経症者、アルジェリア人への拷問を続けるうちに妻子へも歯止めの効かない暴力をふるうようになった白人警官など、この芝居に登場する患者たちの描写はみな、『地に呪われたる者』の第五章「植民地戦争と精神障害」で紹介された症例に基づいており、おそらくはフランソワーズもまたチャーチルの完全なる独創というよりは、『地に呪われたる者』では「系列B、症例3——若いフランス人女性にあらわれた神経症的傾向。政府高官であったその父は待伏せ攻撃で殺された」(ファノン、二七一)に着想を得たものであろうと思われる。もちろん、作中の父親ムッシューは存命であるなど、異なる点もいくつかあるが、重要なのは『地に呪われたる者』で引用されるファノンの患者の訴え――「叫び声がたえず階下《した》からわたしのところまで聞こえてきて、わたしをひどく悩ましつづけたからです。〔……〕あのように夜通し叫ぶのを聞くのがどれほど怖ろしいことか、とてもお分かりになれないでしょう」（ファノン、二七一―七二）――が、『革命時の病院』のフランソワーズの設定にも反映されていることである。しかし同時に、ほかの患者たちとは違い、フランソワーズという人物にはチャーチルによってさまざまな肉付けもされている。たとえば、彼女は拷問されるアルジェリア人たちの苦痛の声を聞いて不眠症に陥るだけでなく、母が自分の食事に毒を入れているので食事を摂ることができないと主張する。フランソワーズは、日々アルジェリア人に対して暴力がふるわれている家にいて、拷問者の娘であるという加害者性とともに、拷問されるアルジェリア人の被害者性をも内面化し、それによって自我が引き裂かれていることが、「母に毒殺される」という想念に反映されているのである。

この、同じ屋根の下にいながら直接目にすることはないアルジェリア黒人を想像の力で内面化して苦しむ白人の少女は、フランス白人の価値体系を内面化して育ったマルティニクの黒人であるファノンのネガ表象と言える。そのことを示すように、第二場ではファノンと話をする白人の若い医師が、アルジェリア人には前頭葉を使う習慣がなく、怠惰にして暴力的という「アフリカ的性格（the African character）」（*Shorts* 119）を形成しやすいといった自説を述べた後にファノンが黒人であることに気づき、「もちろん君のことは、ぼくと何ら変わらないと思っているさ」（*Shorts* 120）と付言する。同僚から心ない偏見をぶつけられる、白衣を着た黒人医師ファノンもまた、自身の最初の著書『黒い皮膚、白い仮面』(一九五二)がその標題で見事に表現した、白黒のカラー・シンボリズムの間で引き裂かれている状態にあることが看取できるだろう。自分のアイデンティティを引き裂く〈衣装〉を身にまとっているのはフランソワーズも同じであり、第六場では、彼女が自分の誕生日パーティで、母が新調してくれたドレスを引き裂いて裸になったことが、両親からファノンに報告される(フランソワーズは同席しているが、台詞はひとことも与えられていない)。このエピソードは材源にはなく、チャーチルが作品の構造を明確にするために付与したものであろう。

フランソワーズにせよ他の患者にせよ、この芝居で精神疾患の症状が改善する人物はおらず、第九場では爆弾テロ犯が自殺未遂を起こす。最終場である第一〇場では、初めてファノンとフランソワーズがムッシューとマダムの介入なしに二人で差し向かいとなり、フランソワーズが誕生パーティのドレスについて、自らの言葉で語る。

ドレスは素敵だったけれど、その内側で私は腐敗しつつあった。少しずつ、少しずつ、私は消えつつあった。歩いているのはドレスで、なかには誰もいなかった。ボタンを外してなかに手を入れてみる。ドレスの下に、私はいない。だから脱いだところで、そこには誰も存在しない。〔……〕お母さんは私を殺そうとしてあのドレスを作ったの。ドレスが私を貪り食べた。私が着たのは毒入りドレスだった。(*Shorts* 146)

『革命時の病院』という戯曲は、彼女がファノンに向けて語るこの告白で幕を閉じる。この時、ヨーロッパ的な知の象徴である「白衣」を身にまとっているファノン自身も、同じように、その衣のなかで、マルティニク黒人というアイデンティティを「貪り食べ」られているのかもしれないと観客に想起させ、ひいては観客自身がおのれはどのような衣装をまとっているかと自問してしまうような、広がりのある終わり方だと言える。

この時重要であるのは、作中のファノンが抑圧されるアルジェリア人たちに共感を寄せていることはもちろんだが、作品そのものは抑圧する側の娘フランソワーズと彼との構造的な結びつきを繰り返し強調していることであろう。劇中のファノンが反感を感じる、若い医師の「アフリカ的性格」に関する主張は、実際のファノンが『地に呪われたる者』の第五章で厳しい批判の対象とした白人の偏見に満ちた通念にほかならない。彼の観察によれば、「植民地主義は他者の系統だった否定であり、他者に対して人類のいかなる属性も拒絶しようとする狂暴な決意であるゆえに、それは被支配民族を追い詰めて、「本当のところおれは何者か」という問いを絶えず自分に提起させることになる」（ファノン、二四四）のであって、アルジェリア人の精神疾患や無気力は「アフリカ的性格」などではあり得ず、むしろ白人の偏見と支配に晒され続けることによって生み出される、社会の構造的な疾病なのである。しかし『革命時の病院』は、抑圧的な構造を持つ社会においては、「自分は何者か」がわからなくなるのは決して直接の被支配民族だけではないことを、ファノン自身やフランソワーズのつながりを丁寧に描くことで伝えようとしているのである。

チャーチルのこのような知見の背後には、彼女が自注で言及したもうひとつの材源――当時、反精神医学の旗手と受け止められていた精神科医R・D・レイン（一九二七-八九）の著作――の少なからぬ影響があるだろう。反精神医学とは簡単に言ってしまえば、それまでの精神医学が身体的な疾病論にならって構築してきた〈収容と治療〉という考え方を批判し、精神疾患を個人の心因的な病ではなく社会構造の問題として捉える態度である。レインはその著書『引き裂かれた自己』（一九六〇）で、実存主義的現象学の立場から、精神医療従事者が精神疾患を身体的疾患のモデルを用いて、客観的かつ分析的に理解しようとする試みを「単純に言って不可能」（Laing 31）だと断じる。というのも、「具象的な個々の人間は、実存であり世界内存在である」（Laing 19, 傍点は原文イタリック）という前提を踏まえれば、「我々が、人間を他の人間との関係性のなかにあるもの、最初から世界内にあるものという考えから始めない限り〔……〕統合失調症とその患者の研究を言語的・概念的な分裂状態から始めることになってしまい、それ自体が、統合失調症を患う世界内存在が本来持っているはずの全体性を分裂させていることと対になる」（Laing 19-20）からである。

レインの立場から考えれば、患者と治療者というのは、ともに世界内存在として相対している以上、医者が自らを超越的な立場に置いて患者を分析し、治療対象としてモノ化してしまうと、治療者自身が分裂的な思考法を再生産することになってしまうのである。『革命時の病院』におけるファノンは、レインが批判の対象とした分析的な精神医学を免れ、自らもまた自己を引き裂かれた者であることを自覚しながら

（あるいは自覚せざるを得ない状況に置かれながら）、彼の患者たちと向き合う人物として描かれている。ここにはすでに、アイデンティティの不安を個人の問題ではなく社会の問題として描く、一九八〇年代以降のチャーチル作品に顕著になる態度が表れているのである。なお、『革命時の病院』は、二〇一三年の三月三一日に、ロンドンのフィンバラ・シアターでジェイムズ・ラッセルの演出により世界初演を迎えた。マイケル・ビリントンは四月二日の『ガーディアン』紙に掲載した劇評で、ラッセルの演出はやや練りが足りず、ラジオ・ドラマ的な要素を残すこの作品をそのまま舞台に移しているのでアクションが少ない印象を与えると留保をつけつつも、この重要な芝居を掘り起こした功績を讃え、「我々が目の当たりにしたイラクとアフガニスタンの問題に照らしてみれば、この芝居がいかに現代でも時宜を得ているかが突如分かってくる」（Billington, "*Hospital*"）と述べている。これは、『トップ・ガールズ』などにも通じる、チャーチルの、時事性の強いテーマを取り上げながらより普遍的なレベルへ考察を深める特徴をよく捉えた劇評と言えよう。

『所有者たち』――〈所有〉の概念が生む競争と抑圧

『所有者たち』は、チャーチルが、ハロルド・ピンターやデイヴィッド・ヘアーの初期作品を手がけたことで知られる演劇プロデューサー、マイケル・コドロンの依頼を受けて執筆した職業作家としての初作品であり、ロイヤル・コート・シアターで一九七二年一二月六日に、ニコラス・ライトによる演出で初演の運びとなった。ロイヤル・コート・シアターは、もともとはヴィクトリア朝時代にロンドンに建設された劇場のひとつであり、第二次世界大戦中の爆撃などもあって一時期閉鎖されていたものの、修復と改築を経て一九五二年に再開された。一九五六年からはイングリッシュ・ステージ・カンパニーの本拠地として、新しい才能を積極的に発掘し、若手の新作を中心に公演を行なっていたので、一九七〇年代に入る頃までには、「劇作家の劇場」として知られるようになっていた。ただし、その頃までにロイヤル・コート・シアターを通じて演劇史に名を残すことになった主な作品を挙げると、「怒れる若者たち」というムーヴメントのきっかけとなったジョン・オズボーンの『怒りを込めて振り返れ』(一九五六)、検閲を廃止する改正演劇法(一九六八)成立のきっかけとなったエドワード・ボンドの『救われて』(一九六五)、デイヴィッド・ヘアーのデビュー作『ふしだら娘』(一九七〇)など、男性劇作家の存在ばかりが際立っている。『所有者たち』に始まるチャーチルとロイヤル・コート・シアターとの長いつながりは、この劇場の当時の男性中心的な文化風土に風穴を開けたという点でも、画期的なことだと言えるだろう。

この芝居は、一方に資本主義的な所有の欲望の権化として不動産業を営む女性マリオンを、他方に所有の概念から解き放たれ、仏教的な受容の精神を体現した男性アレックを配置しているが、この芝居の着想のひとつは、一九八五年の『戯曲集 第一巻』刊行時に付記されたチャーチルの覚え書きによれば、「ある老女のアパートにお邪魔していた時、若者が彼女に転居を促す手付金の申し出にやってきた」(*P1* 4)のに居合わせたという経験である。こうした賃借人に対する地上げ行為は、一九五〇年代後半より、戦後の住宅難に喘いでいたロンドンで特に社会問題となっており、当時の代表的な不動産ブローカーであるピーター・ラクマンの名前を取って「ラクマニズム」と呼ばれた。[1] チャーチルが実例を目撃したラクマニストたちの存在が、劇中のマリオンやワーズリーという彼女の部下の背景にあるのだ。

マリオンやワーズリーが体現する資本主義的競争原理のイデオロギーは、作品のエピグラフとして掲げられた「進め、キリスト教徒の兵士たちよ」（一八六五）という詩の冒頭部分によって示される。これは英国国教会牧師にして作家でもあったセイビン・ベアリング＝グールド（一八三四―一九二四）による詩に、サヴォイ・オペラで有名な作曲家アーサー・サリヴァン（一八四二―一九〇〇）が曲をつけた聖歌だが、この戯曲の文脈においては、キリスト教が持つ攻撃的なまでに自らの価値観を押し通す側面と資本主義的な所有の原理の結びつきを示唆している。その一方、『所有者たち』が並置するもうひとつのエピグラフは、北宋代の代表的な禅宗史書『景徳傳燈録』から引いた禅語「兀然無事坐　春來草自生」（こつねんとして無事に坐すれば春来たりて草おのずから生ず）の英訳であり、こちらはアレックの徹底した受動性と結びつけられる。こうした対照的な二つのエピグラフが、それぞれキリスト教と仏教に関わりの深い詩文から採られていることは興味深い。これは作者が、資本主義社会下での所有をめぐる競争の苛烈さを、独り経《ひと》済の問題としてではなく、西洋の集合的な意識の深層に根ざした問題として考えていることを示唆しているのかもしれない。

すでに述べたように、この芝居はマリオンとアレックという対照的な二人を軸にしており、二人はもともと恋人同士であったが、今はそれぞれ別の相手と結婚している。主要な登場人物五名のうちアレックを除く全員――マリオンとその夫で精肉店を営むクレッグ、マリオンの部下ワーズリー、そしてアレックの妻リサ――はそれぞれ異なるかたちで「所有」の概念に囚われており、たとえばマリオンは不動産取引で巨額の利益を上げるかたわら、かつて失った恋人アレックを自分のものとして取り戻そうと血道を上げており、夫のクレッグは自分の何万倍も稼ぐ妻の存在が自分を脅かしていると感じ、「あいつは法的に俺の所有物なんだ。いつかそのことを思い知って死んでいくだろうよ」（*PI* 11）と述べるなど、妻を殺害する計画を繰り返し口にする。一方、マリオンへの報われない恋慕の情に苦しんでいることもあって自殺願望を抱いているワーズリーは、第一幕第一場の冒頭で登場した時から両手首に包帯を巻いており、クレッグから痛くないのかと尋ねられると「これは職務上の危険と呼ばせてもらおう」（*PI* 10）と答え、すでに六度も自殺未遂をしたと口にする。このような彼の行動の背後にもやはり、自らの身体と生命を自分の好きなように扱っていい〈モノ〉とする認識が見受けられるだろう。[2]

これに対し、第一幕第二場で初めて登場するアレックの妻リサは、ひたすら所有物を失っていくことを実感するという否定的なかたちで所有へのこだわりを示す人物であり、彼女は初登場で開口一番「何がなくなったの」（*PI* 13）とつぶやく。これに続く彼女の長台詞で観客は、夫婦が暮らす賃貸物件に空き巣が入り、子供のバンビのおもちゃを壊されたり、彼女の婚約指輪が盗まれたりしていることを知る。彼女は警察を呼ぼうと夫に語りかけるが、アレックは「警察は呼ばないでおこうよ」（*PI* 13）と答え、失った所有物を取り戻したいという彼女の気持ちに同調してくれない。さらにそこへワーズリーが現れ、この物件は買い上げられることになったので、賃借人には引っ越し費用を出すから転居して欲しいと夫婦に告げる。この場面の最後でリサは、「それでも、いつも私には子供たちがいる。それが大事。あなたもいるしね」

(*PI* 20)と、まだ自分から失われていないものを確認するが、これは作品の展開としてはアイロニーとして響く。第一幕の終わりでは、妊娠中の第三子の陣痛が始まったリサが、アレックを取り戻そうと強引に迫るマリオンと彼が抱き合っているのを見てしまい、「こんな家に赤ちゃんを連れて帰りたくない。絶対いや。それくらいならいっそ殺してしまいたい」(*PI* 32)と口にする。その結果、彼女はマリオンに言質を取られ、第二幕では賃借物件からの追い立てを免除する代わりにアレックとの間にできた赤ん坊をマリオンの養子とする契約書に署名させられてしまう。

ここで興味深いのは、マリオンはアレックの子をこれほど欲しがっていながら実際の赤ん坊の世話は夫のクレッグと部下のワーズリーに任せきりで、彼女のアレックへの情熱に嫉妬したワーズリーが赤ん坊をそっと連れ出してリサに戻してしまっても、最終場でクレッグから赤ん坊はどうしたと尋ねられるまで気づきもしないことである。所有することばかりに意識が向いて、ケアすることには思いが至らないビジネス成功者として、マリオンは後のチャーチルの代表作『トップ・ガールズ』(一九八二)のマーリーンを予見させるようなキャラクターだと言えるかもしれない。だが、マリオンはマーリーンと比してもその所有欲がひときわ強烈なだけに、芝居の最後に待っているどんでん返しによって失うものも大きい。クレッグは妻のアレックへの執着を目の当たりにして、妻を殺すよりも、彼女が買い取ったアレック夫婦の住む賃借物件に放火してアレックを追い出した方が精神的にも経済的にも彼女に打撃を与えられると考え、ワーズリーを実行犯として放火計画を立てる。また、アレックが自分のものにならないことに焦れたマリオン自身も、ワーズリーに彼に危害を加えるよう衝動的に命じており、ワーズリーは両者の言いつけを一度に実行すべく、かつ自分自身も煙に巻かれて死ねるかもしれないという期待のもと、火付けを実行する。リサと子供たちは助かるが、アレックは大家の赤ん坊を助けに火中へと戻ってしまい、赤ん坊ともども焼死する。

だが、最終場でワーズリーからこれらの報告を聞いても、マリオンは「アレックのこと、別に気の毒とも思わない。大家の赤ん坊も。ちっとも」（*PI* 67）と答える。彼女は、自らが間接的にせよ引き起こした死に向き合おうとしないどころか、「自分にこんなことができるなんて、思ってもなかった。ひょっとして私、何でもできるのかも」（*PI* 67）と、自分の新しい可能性を言祝いで芝居は幕を閉じる。もちろん、この台詞をどの程度まで素直に語るのか、それとも実際は動揺している彼女の強がりとして演じるのかは、演出方針や役者の裁量によって大きく異なり得るだろう。だが少なくとも彼女は、今後も生き方を変えないという意志表明をしようとしているのであり、これとは対照的に完全なる自己放棄によって他人の赤ん坊を助けようとしたものの、その犠牲がまったく報われていないアレックの顛末と相まって、この戯曲は最後まで安易な教訓や問題解決の提示を拒んでいる。R・ダレン・ゴーバートが指摘するように、『所有者たち』が明らかにするのは「イギリスの政治・法体系に支えられた所有の論理〔……〕を避けることの不可能性」（Gobert 47）であり、この問題は次節で論じる『バッキンガムシャーに射す光』でも継続して重要な主題となっているのだ。

ジョイント・ストックとの出会い

まず、一足飛びに『バッキンガムシャーに射す光』を論じる前に、チャーチルが本作を皮切りに長い協働関係を結ぶこととなった演出家マックス・スタフォード=クラークと演劇集団「ジョイント・ストック」について確認をしておく必要があるだろう。ジョイント・ストックは、一九六〇年代にエディンバラのトラヴァース・シアターで演出を担当していたスタフォード=クラークが、一九七二年までロイヤル・コート・シアターで働いていたウィリアム(ビル)・ギャスキルとともに立ち上げたグループであり、ギャスキルの回想によれば、「ロイヤル・コートでの最後の年あたりに、マックス・スタフォード=クラークと親しくなった。〔……〕我々は演劇の方法論について、また次には何を手掛けるか、なんてことを話し合った。そこからジョイント・ストック・シアター・グループの設立に至った」(Roberts and Stafford-Clark 21)のだという。一九七〇年代前半は、実験的かつ明確な政治的意識を持った劇団がイギリスで多く生まれており、たとえばフェミニズム演劇集団であるウィメンズ・シアター・グループ(一九九一年よりスフィンクスと改名)や、性的マイノリティ主体の劇団ゲイ・スウェットショップは、いずれも一九七四年の創設である。奇しくも同じ一九七四年に設立されたジョイント・ストックの場合も、著名な演出家や俳優を中心に据えたスター・システムを否定し、よりよい芝居の上演という共通のゴールに向かって俳優・作家・演出家・道具方などの全員が対等な立場で協働することを綱領としている点で、資本主義的な演劇興行に反旗を翻す政治的な演劇集団と言えるだろう。

ジョイント・ストックが持つ社会主義的な側面は、その作品傾向にも顕著に表れている。旗揚げ公演は、詩人にして政治活動家のヒースコート・ウィリアムズ（一九四一―二〇一七）が、ハイド・パークのスピーカーズ・コーナーに集う人々を活写した『スピーカーズ』（一九六四）を、スタフォード＝クラークとギャスキルが自ら戯曲に翻案したものであったし、既存の作品のリヴァイヴァル上演を除いた第二作として彼らが考案したのは、第二次世界大戦後すぐにアメリカ情報局より中国に派遣され、またトラクター技師として中国共産党による農地改革を経験したウィリアム・ヒントンの長大なドキュメンタリー文学『翻身《ファンシェン》』の戯曲化であった。ジョイント・ストックの公式記録作家ロブ・リッチーが集めた関係者の証言によれば、これはギャスキルの方から提案したことであり、デイヴィッド・ヘアーに翻案を持ちかけたのも彼であったが、本人が「こちらもかなり驚いたけど、なんとヘアーは引き受けたんだ」（Ritchie 105）と回想している。

同じ経緯をヘアーの側では、「『翻身《ファンシェン》』を戯曲に翻案することの不可能性が、かえってウィリアムを引きつけたのさ。でも結局彼はぼくにその仕事を回してきた。しょんぼりした様子を隠し切れてなかったね」（Ritchie 107）と説明しており、当初はギャスキルが自ら翻案することを考えていたらしい。なお、ヘアーによる翻案テクストの冒頭には、演出の指示がト書きとして記されており、「戯曲版では、三〇余名の役柄を九名で演じる必要がある。大道具もなければ照明でキューを出すこともしない。ただし、小道具と衣装は真正のものであるべきだ」（Hare 5）とされている。一般に群衆劇は巨額の資金が動くメガ・ミュージカルなどで効果を発揮しやすいと考えられているが、戯曲版『翻身《ファンシェン》』は、時代の大きな変化のなかで自らも変わりゆく（中国語で「翻身《ファンシェン》」は、「変化する」「解放する／される」の意）個々の農民たちを、いかにミニマリズムの手法で描き出すかについて工夫を重ねており、主題と上演方法の両面において、成功と大型化が連動した資本主義的な演劇形態から距離を置くことを模索した作品なのである。

『翻身《ファンシェン》』の初演は一九七五年三月一〇日（クルーシブル・スタジオ・シアター）であり、スタフォード＝クラークが『バッキンガムシャーに射す光』につながる着想を初めて日記に記す一九七五年一〇月までには半年以上の期間が空いているが、『翻身《ファンシェン》』が扱う共産主義思想や群衆劇をミニマリズム演劇として舞台に上げるための方法論などは明らかに、イングランド内乱期の水平派《レヴェラーズ》を描いた『バッキンガムシャーに射す光』へと受け継がれていると言えるだろう。実際、初演順では『バッキンガムシャーに射す光』（一九七六年九月七日初演）は、ジェレミー・シーブルック（一九三九－　）が脚本を担当した『昨日のニュース』（一九七六年四月六日初演）の後に続く四本目の芝居ということになるが、一九七六年一月に『昨日のニュース』についての作業が始まる前から、『バッキンガムシャーに射す光』へと発展する構想はすでに生まれていたのである。

『バッキンガムシャーに射す光』――革命の背後で頓挫した革命の物語

前節の最後に述べたように、『バッキンガムシャーに射す光』は、イングランドの内乱期における水平派《レヴェラーズ》運動とその挫折を扱った作品ではあるが、最初からそのようなものとして着想されたわけではない。

一九七五年一〇月のスタフォード＝クラークの日記（日付の記載はなし）には、「十字軍に関する芝居……女子供や老人が農地の世話のために取り残される。兵士になるために捨てていった飢餓生活、兜を被ったままの頭蓋骨、なんで男はああなのかという女たちのモノローグ……陰鬱、焚き火、惨めさ、それがすべて」（Roberts and Stafford-Clark 21）とある。つまり、彼は当初、十字軍についての芝居を作るつもりだったのだ。チャーチルの回想によれば、この頃スタフォード＝クラークが滞在していた地方には十字軍兵士の墓があり、それに刺激されて、普通の人々に自分の生活を丸ごと捨ててエルサレムへと向かわせたものは何だったのかという興味を抱かせたのだという。

この段階でのスタフォード＝クラークはチャーチルに、コリン・ベネットと十字軍についての芝居を共同執筆しないかと声をかけており、チャーチルの方では「その考えは面白いと思ったが、十字軍兵士は少し遠い感じがしていた」（Ritchie 118）という。このプロジェクトの方向性を大きく変えたのはチャーチルであり、「コーンの『千年王国を求めて』を、付録の喧騒派《ランターズ》による文書と併せて読んで、すっかり熱中してしまったので、時代を一七世紀に変更することに決めた」（Ritchie 118-19）と本人は回想している。チャーチルが言及したノーマン・コーンの『千年王国を求めて——中世における革命的千年王国派と神秘主義的無政府主義者』（初版一九五七、増補版一九七〇）は、副題が示唆する通り、中世ヨーロッパにおける革命的な分離派運動を、十字軍に参加した貧民層の活動や、カトリック教会より異端とされた自由心霊兄弟団などを取り上げて広汎に論じた書であり、彼女がスタフォード＝クラークの構想する十字軍の戯曲のために本書を読んでいたことはまず間違いない。だが、回想の内容からして明らかに増補版を読んだと思しきチャーチルは、本論よりもむしろ最終章でコーンが「イングランドの内乱期とその直後に起こった、〈自由心霊〉の束の間ではあるが熱狂的な復興運動」（Cohn 287）として紹介した喧騒派《ランターズ》や真正水平派《ディガーズ》の手による政治パンフレット類の方に惹きつけられ、トピックの変更を提案したのであろう。そもそも『バッキンガムシャーに射す光』という戯曲名にしてからが、チャーチルがこの書で目にした匿名のパンフレットのタイトルに拠ってつけられたものなのである。

しかし、彼女の提案が受け入れられたこと自体が、水平派《レヴェラーズ》運動にジョイント・ストックという演劇集団が目指すところと通底する点があったことを示唆している。というのも、共同耕作社会を提唱した真正水平派《ディガーズ》の代表的指導者であるジェラード・ウィンスタンリー（一六〇九頃–六〇頃）の思想が潜在的には宗教を否定している可能性を含み置いた上で、「マルクス主義思想を驚くほどに先取りしている」（Holorenshaw 36）と論じたヘンリー・ホロレンショーなど、一九七〇年代前半には、水平派《レヴェラーズ》や真正水平派《ディガーズ》をイングランドにおける共産主義思想の前身として解釈する歴史書が多く刊行されていたのである。[3] いわば、イングランドの内乱期における水平派《レヴェラーズ》運動とは、スタフォード＝クラークが興味を抱いていた十字軍の背後にある貧民層の心性を探るという問題系と、ジョイント・ストックが前作『翻身《ファンシェン》』で追求した共産主義革命下の土地改革という主題をつなぐ結節点として機能したのではないだろうか。

この芝居に関わるチームはまず六週間のワークショップに参加して、水平派《レヴェラーズ》運動について学び、関連史跡を実際に訪ね、そこで得た知見や思いを互いに論じ合い、即興演技として表現したが、この経験をチャーチルは「この時まで私は身体表現や即興演技の練習を見たことがなかったので、子供がパントマイム劇に興奮するように、すっかり夢中になった」(Ritchie 119) と述べ、構想段階から劇作家が積極的に協同作業に関わるジョイント・ストックのスタイルに大きな刺激を受けたことを明かしている。これに続く執筆期間には結局チャーチルがおおよそ独力で戯曲の執筆を行なった(執筆期間は九週間取られていたが、その間も役者や舞台スタッフを含むチームの全員が、チャーチルとまったく同額の賃金を支給された)。執筆は単独であるがその基盤には共同体によるワークショップ体験があるというこの戯曲の特性について、チャーチルは次のように述べている。

ワークショップと作品の関係を正確に説明するのは難しい。この戯曲は即興演技ではない。本作は台詞のつけられた台本であり、役者が自分で台詞を思いついて語った訳ではない。だが、登場人物や場面の多くはワークショプや舞台稽古の即興演技で生まれたアイデアに基づいている。〔……〕マックスとはかなり緊密な協同作業を行なったので、執筆者は私だとはいえ、本作は我々二人で思い描いたものでもある。(*PI* 184)

こうした近代個人主義的な意味での〈作者性〉と演劇というジャンルの持つ〈協働性〉のせめぎ合いは、この作品の構造にもよく表れている。チャーチルは草稿段階では、この戯曲の大部分を、一六四七年に開かれた議会派ニューモデル軍の全軍会議におけるパトニ討論に充てていたのだが、スタフォード＝クラークに戯曲としての動きが少なすぎることを指摘されたため、第一幕は水平派《レヴェラーズ》運動の高まりの様子がパトニ討論をクライマックスとして描かれ、第二幕は期待が萎んだ水平派《レヴェラーズ》運動の衰退の日々を扱う、やや長めの時間を射程とした山型の構造を取り入れ、全体を歴史的な事件の渦中にあるさまざまな階層の人々を短い場面をつないで多面的に描く群像劇に書き直した。

もちろん、『バッキンガムシャーに射す光』において、依然としてパトニ討論が重要な役割を果たしていることには間違いがない。第一次内乱終結後、議会軍の幹部と水平派《レヴェラーズ》の支持層である一般兵士たちの意見の相違が明らかとなり、両者の代表はそれを埋めるべく、一六四七年一〇月二八日から一一月八日にロンドン郊外のパトニ教会に集い、兵士代表が提出した民主主義的成文憲法案「人民協約」をめぐって激しい討論を行なった。この時の議会軍側の中心人物であるオリヴァー・クロムウェル（一五九九―一六五八）やヘンリー・アイアトン（一六一一―五一）、（一部は煽動派《アジティターズ》と呼ばれた）水平派《レヴェラーズ》側の中心的存在であるトマス・レインズバラ（一六一〇―四八）、エドワード・セクスビー（一六一六―五八）、ジョン・ワイルドマン（一六二二頃―九三）といった歴史上の人物はそのまま登場し、この討論の中心的議題のひとつであった、自然権としての選挙権を求める水平派《レヴェラーズ》と財産権を重視して制限選挙を主張する議会派中枢の議論の場面は、軍書記ウィリアム・クラークによる討論記録をかなり忠実に再現している。だが、完成版のこの戯曲において重要なのは、そのような歴史の表舞台の背後にいる無数の「普通の人々《コモン・ピープル》」の期待と失望が、具体性をもって描出されていることの方にある。この点については、チャーチルが本作の序文で、「我々は今日《こんにち》の民主主義への一歩〔としての清教徒革命〕については教わるが、起こらなかった革命のことは教わらない。チャールズとクロムウェルは教わるが、自分たちの人生を変えようとした何千という男女について教わることはない」(*PI* 183)と語っており、教科書的な歴史記述からこぼれ落ちるものを舞台の上に再現することが本作の狙いであったことが分かる。

この、教科書的な記述をすり抜ける無数の人々を描いた場面においては、ある種の無名性こそが逆説的に舞台上での声の真正性を高める力になる。そのため、コップやクラクストンといった登場人物は、実在した喧騒派《ランターズ》の指導者であるエイビーザー・コップ(一六一九-七二)やローレンス・クラークソン(一六一五-六七)に基づいているものの、あくまで架空の人物として造形され、史実から知り得るコップやクラークソンの姿を大きくはみ出した、一七世紀の人々の苦しみと希望、そして挫折を現代の観客に痛切に伝えてくる普通の個々人として立ち現れてくる。たとえば幕開き早々の第一幕第二場でクラクストンは、教区牧師の使用人(史実のクラークソンは仕立て屋の徒弟だった)として登場するが、彼は生まれたばかりの自分の子供が死にかけているという悲惨な状況にある。だが牧師は、口先だけの気遣いを述べながらも彼の心情を慮ることなく、自分が嗜むワインとオレンジの給仕をさせ続け、非国教徒への不満を滔々と語る。この場面の最後で、牧師の語彙をもじって「我々はみな、現世では苦しまねばならぬのだな」(*PI* 193)とつぶやくクラクストンを目撃する観客は、必ずしも「喧騒派《ランターズ》の指導者ローレンス・クラークソン」とは自動的に結びつかない一人の男としてクラクストンに出会っているのだ。

だが、こうした民衆たちの声を語る場面として特に重要なのは、女性の存在に光を当てた第一幕第六場「ホスキンス、説教師を遮って語る」と、それに続く第七場「クラクストン、ホスキンスを自宅に連れ帰る」であろう。[4] この連続する二場面の最初の場では、放浪の女性説教師ホスキンスが、予定説を訴える男性説教師に「地獄堕ちが定められた人などいない」（*PI* 200）、「神は全員を選んだ」（*PI* 201）と反駁し、教義を解釈することが認められていない女性の身で説教の妨害をしたために鞭打ちに処せられる。場面が変わると、クラクストンの妻が頭を割られたホスキンスの血を洗ってやっているが、二人の間に女性同士の好意的な連帯が見られるわけではない。赤ん坊を失う辛い経験をしながらも、男性中心的な教義や社会通念を内面化することで自分の苦しみに説明をつけようとしているクラクストンの妻は、ホスキンスが未婚であることや定住していないことを懸念し、次のように訴える。

妻　でも女は説教などできない。私たちは苦しんで子を産むから。そして赤ちゃんは死んでしまう。原罪のせい、イヴの罪のせいで。だから陣痛の苦しみがある。女は汚れている。だから従うしかない。男がどんな風であっても。男が私たちを殴るのもそのせい。生理の時には血を流すような恥ずべき存在だから。女の体は男の体よりひどい。肉体はなべて邪悪なものだけど、私たちの肉体はとりわけ最低。だから私たちは声をあげることなどできない。

ホスキンス　私はできるけど。

妻　あんたは子を産んだことがないから。

ホスキンス　あなたの言ってること、何から何まで間違ってる。女は別に――

妻　あんた、子を産んだことあるの。

ホスキンス　ないけど、でも――

妻　じゃあ、あんたは何も分かっちゃいない。罪無くして罰せられるはずがない。（*PI* 204）

このやりとりにおいて注意すべきことは、作品が保守的なクラクストンの妻に対してなんら悪感情を喚起させせたり、二人の女性を二項対立として描いていないらしいことである。前述のように、作品の冒頭近くでクラクストンの赤ん坊の死がすでに紹介されていることで、彼の妻が出産という経験を「罰」として捉え、その苦しみをイヴの原罪のためだと説明づけようとする思考回路にも観客が理解を示せるような文脈が用意されている。何より重要なことに、この戯曲では『翻身《ファンシェン》』式のミニマリズム演出が前作以上に徹底されており、六名の役者が二〇以上の役柄を演じるとともに、劇中人物は場面ごとに違う役者が演じていたので、初演では、ホスキンスが鞭打ちを受ける場面で彼女を演じていたリンダ・ゴダードが次の場面ではクラクストンの妻を演じる配役になっており、ホスキンスとクラクストンの妻は対照的でありながら連続性を持つ二人として舞台上に存在していたのである。

なお、一九七六年八月九日のスタフォード＝クラークの日記に「キャリルと話し合って、配役を特定しないことに決めた」（Roberts and Stafford-Clark 26）と記載されているのが、場面ごとに配役を変える演出法についての初めての記録であり、当初の段階からこの演出法自体も協同的な作業のなかから生まれてきたものであったことがうかがえる。歴史上の大きな事件を文字記録に名前が残る人々のみならず、その渦中に生きたさまざまな立場の人々の視点で包括的に描こうとする『バッキンガムシャーに射す光』は、その後のチャーチル演劇を貫く「屹立した個人ではなく、社会のなかに生きる人々を描く」という立場を確立するきっかけになったとともに、ジェンダーとセクシュアリティの問題をヴィクトリア朝から初演時の同時代にわたる長い射程で考察した初期の代表作『クラウド・ナイン』（一九七九）に直結する要素をすでに胚胎しているのである。アミーリア・ハウ・クリッツァーが指摘しているように、この戯曲は基本的には水平派《レヴェラーズ》運動の敗北を扱っているものの、「同様に実際に起こったことにも強い意識を向けており、集合的な力の結実を通して観客を鼓舞している」（Kritzer 101）のであり、多数の人々が自然と生み出す「集合的な力」は、その後のチャーチル劇にとって重要な参照点を形成することとなった。

一九七〇年代のキャリル・チャーチルには、劇作家としての転機が二回、立て続けに訪れたと言えよう。夫婦間で議論を重ねて家庭生活のあり方を大きく変えるとともに、『所有者たち』で職業舞台劇作家としてのデビューを飾った一九七二年が、よく知られた最初の転機である。だが、本章の特に最終節で考察したように、ジョイント・ストックという協同体制を重視した革新的な演劇集団と関わることになった一九七六年も、同じくらい重要な変化を彼女に与えたとは言えないだろうか。最初期段階から劇作家・演出家・役者がワークショップを重ねてともに作品の構想を練り上げていくジョイント・ストック方式に刺激をもらうことで、チャーチルは家庭で一人、社会から切り離されたと孤独を感じながら筆を進める作家から、演劇の協同性をひときわ重視する劇作家へと転換したのだ。[5] また、このような作劇法の変化は、チャーチル的と一般に考えられる作風の醸成とも切り離すことができない。具体的には、第三章と第四章で検討する『クラウド・ナイン』や『トップ・ガールズ』は、いずれも社会のなかに生きる女性たちの問題を扱っており、『バッキンガムシャーに射す光』は、いわば、以後の彼女の作品群が示す社会主義的フェミニズムの基盤となったのではないだろうか。

註

1　『オックスフォード英語辞典』で「ラクマニズム」を引くと、その初出は一九六三年七月二三日の『ガーディアン』紙となっており、語意は「悪辣な地権者による賃借人の搾取や脅迫行為」と定義されている。

2　クレッグの殺人計画とワーズリーの自殺未遂という繰り返されるモチーフは、この芝居にブラック・ユーモアと底流を与えている。実際、二〇二〇年にマイケル・ビリントンが『ガーディアン』紙上で一二週にわたって連載していた「忘れられた芝居たち」というコラムで『所有者たち』を取り上げた際（二〇二〇年六月二九日）には、この戯曲がチャーチルの後の作品を予見するような政治的主題を扱っていることを認めつつ、「だがこの芝居を再読して、本作がいかに純粋に笑えるかということを発見し、私は驚いた」（Billington, "Forgotten Plays"）と述べている。

3　近年の研究では、水平派《レヴェラーズ》の先見性や現代性を指摘するのみならず、一七世紀の歴史的文脈に正しく位置づけようとする試みがなされている。たとえば、経済的な要因がイングランド内乱の勃発にどの程度の影響を与えたかを論じたジョージ・ヤービーは、ウィンスタンリーの農業共産主義はマルクス主義を先取ったものというよりは、「前時代には存在していた、農民同士の公平な均衡と、農民と土地との直接的な関係を取り戻し、保証しようとした」（Yerby 71）理論なのだと指摘してしている。

4　本作ではブレヒトの叙事演劇にならって、各場の冒頭に場面の内容を叙述する一文が投射される。

5　ただし、ジョイント・ストックとの協同的な活動と前後して、チャーチルは「怪物的連隊《モンストラス・レジメント》」というフェミニスト演劇集団ともコラボレーションをしており、チャーチルの作劇法の変化を独りジョイント・ストックのみに帰するのは公正さを欠く恐れがある。怪物的連隊《モンストラス・レジメント》との協働の成果である戯曲『ヴィネガー・トム』（一九七六）については、第三章で簡単に論じる。

第三章　『クラウド・ナイン』における性の政治学

性の政治学の芝居

第二章では、ジョイント・ストックと仕事を始めたことによってチャーチルの作風がのちの彼女を特徴づける協同的なものへと変化していった経緯を確認した。だが、関係者によるワークショップを重ねてアイデアを積み上げ、そこで得られた経験や知見を作者としてのチャーチルが脚本に反映させるという手法は、ジョイント・ストックのみとの出会いによって生まれたものではない。マックス・スタフォード＝クラークがチャーチルに、のちに『バッキンガムシャーに射す光』となる芝居の執筆を持ちかけていたのと同時期の一九七六年初頭、彼女はフェミニスト演劇集団「怪物的連隊《モンストラス・レジメント》」からも魔女に関する芝居の執筆を持ちかけられ、メンバーとの話し合いを始めていた。チャーチルは当初、フェミニズムを掲げる劇団と初めて協同作業をすることになり、「自分が受け入れてもらえるかどうか自信が持てず、しばらくは気後れして怯んでいたが、やがて意見交換によって得られた発見やまだ新しい劇団の途轍もないエネルギーや可能性に満ち溢れた感じを楽しみ、刺激を受けるようになった」(*PI* 129)という。この経験は、一九七六年一〇月一二日にハルのハンバーサイド劇場で初演となった『ヴィネガー・トム』(*Vinegar Tom*)という芝居に結実した。

だが、ジョイント・ストックと怪物的連隊《モンストラス・レジメント》との仕事はほぼ同時進行のスケジュールとなり、双方の執筆にあまり時間的余裕がなかったこともあり、チャーチルは作品が扱う時代や国を共通のものとすることにした。かくして『ヴィネガー・トム』は、一七世紀のイングランドの村落共同体において「魔女」だと告発された(あるいは自分は魔女ではないかと自問自答する)女たちの姿を描く戯曲となった。チャーチル自身の言によれば、これは「魔女が一人もいない魔女についての芝居――邪悪さ、ヒステリー、悪魔憑きについての芝居ではなく、貧困、屈辱、偏見についての芝居」(*PI* 130)として書かれたものである。男性中心的な共同体において女性を「魔女」として排斥する眼差し、そしてそれを内面化してしまう女性たちを群像劇として描出するにあたり、『ヴィネガー・トム』が特に具体的に問題にするのは、性と結婚の政治学である。この芝居のなかで魔女と関連づけられる女性たちはみな、従順な娘から貞淑な妻へという一七世紀イングランド社会が女性に求めたルートから外れる者たちであり、たとえばアリスという未婚女性は悪魔を自称する男と性的関係を持ち、またその母ジョウンは未亡人であるため、隣家の夫婦から嫌われて魔女として告発される。地主の娘ベティも、親が決めた結婚を喜ばないためにヒステリーと診断されて瀉血治療を受けさせられる。

いわば、『ヴィネガー・トム』は、第二波フェミニズムを代表する批評家の一人ケイト・ミレットが言うところの「性の政治学」が中心的な主題となった初めての芝居である。博士学位論文を下敷きとした『性の政治学』でミレットは二〇世紀の西洋文学や芸術を幅広く渉猟し、そこではいかに男性中心主義が偏在し、家父長制度を支える異性愛主義を規範化してそこから逸脱するものを抑圧しているかを告発した。そのために、本来豊かで多様であるべき性にまつわる諸問題はマージナルな領域へと追いやられ、政治問題として取り上げる可能性すら奪われているというのがミレットの主張である。現代では、性の問題が政治的な問題であることなど、当然だと受け止める読者もいるかもしれない。だがミレットが『性の政治学』を刊行した一九七〇年には、彼女は「両性の関係を政治的な見地から見ることなどできるのか?」(Millett 23) という問いに答えることから議論を始めなければならなかったのであり、当時のチャーチルにとっても切迫感のある問題提起であったのだろう。[1]

だが、性の政治学という主題がワークショップの積み重ねにより集合的な声を拾い上げる作劇法を通じ、より深いレベルで探求されることになるのは、チャーチルが初めて商業的にも成功を得た『クラウド・ナイン』(*Cloud Nine* 一九七九年二月四日初演) を待たなければならない。チャーチルは、「『クラウド・ナイン』のためのワークショップは、性の政治学についてのものだった」(*PI* 245) と述べているが、当初からそうであった訳ではない。ジョイント・ストックの原案は、二幕ものの芝居で、それぞれがヨーロッパとアメリカを舞台にするというものだったが、チャーチルの意見により、セクシュアリティの問題を前景化することになったのである (Cousin 38)。本章では『クラウド・ナイン』を取り上げ、その成立過程を検証するとともに、この戯曲の解釈や評価が時代や国によって変化してきた経緯を明らかにしたい。『クラウド・ナイン』がアメリカで初演された際には、はからずもスタフォード＝クラークが当初温めていたヨーロッパ文化とアメリカ文化の違いが演出法に反映されることになった。また、この作品が提起する抑圧的な性の政治学への批判も、時代が降るとその表現方法自体が批判の対象になるなど、『クラウド・ナイン』はさまざまな解釈に開かれてきた芝居なのである。

『クラウド・ナイン』成立にあたってのワークショップの重要性

『クラウド・ナイン』は二幕ものの芝居で、第一幕をヴィクトリア朝時代のアフリカにあるイギリスの植民地、第二幕を一九七九年のロンドンに設定しているが、多くの登場人物は共通しており、「登場人物にとっては二五年が経過している」(*PI* 248) という、非リアリズム的な構成になっている。第一幕では、植民地行政官クライブとその妻ベティを中心に、クライブが体現する家父長的な価値観によって個人が持つ多様なセクシュアリティが抑圧されている様子が植民地主義に内在する人種的な抑圧と重ね書きされ、そうした抑圧がもたらすいびつな人間関係が、オスカー・ワイルドの『まじめが肝心』(一八九五) を思わせるような笑劇めいた筆致で暴かれていく。第二幕ではトーンが変わり、クライブと別居して一人で暮らし始めるベティと成長した彼女の二人の子供たち——ゲイのエドワードとフェミニストのヴィクトリア——が抱える諸問題をリアリズム演劇の枠組みに則って描き出している。

こうした独特な構造はチャーチルの脚本執筆に先立つワークショップに多くを負っているが、これは一九七八年九月一四日から一〇月六日まで行われ、スタフォード＝クラークによれば、その参加者は「演技力と同じくらい性的指向を重視して」選ばれた（Roberts and Stafford-Clark 69）。たとえば、初演時には第一幕でヴィクトリア朝道徳に縛られた母親モード、第二幕で現代のロンドンに生きるフェミニストであるヴィクトリアという正反対の登場人物を演じたミリアム・マーゴリース（一九四一－）は、ジョイント・ストックが「性の政治学についての芝居を書くために、レズビアンを必要としていた」ため、自分は「電話でマックスとキャリルのオーディションを受けた」（Ritchie 138）のだと述べている。かくして多様な性的指向と意見を持つ人々が集まったこのワークショップでの経験が、チャーチルの執筆活動に生かされることになったのだが、なかにはワークショップ開始前に見聞した情報が意味を持つこともあった。たとえば、スタフォード＝クラークは「オーディションは受けたが最終的に参加は見送った人物が、キャリルと私にウォータールーからクラッパム・ジャンクションに到着するまでに電車でスピーディなオーラル・セックスをするための技術について赤裸々な説明をしてくれた」（Roberts and Stafford-Clark 68）と回想しているが、これは明らかに第二幕でエドワードの恋人ジェリーが観客に明かす、電車での行きずりのオーラル・セックス体験の独白に反映されている。

だが、やはり『クラウド・ナイン』という作品を形成するにあたってもっとも重要な礎石となったのはワークショップであり、その衝撃が役者たちにとってどれほど大きなものであったかは、第一幕で黒人の使用人ジョシュアを、第二幕ではジェリーを演じたアントニー・シャー（一九四九－二〇二一）の経験談からも鮮明に看取することができるだろう。やや長い引用になるが、シャーの回想をある程度まとめて紹介することで、ワークショップがいかに参加者たちに自己を問い直す機会となったかを確認してみたい。

一九七八年の時点ではまだ「性の政治学」という用語に馴染みがなかったので、マックス・スタフォード＝クラークがジョイント・ストックの次の企画のために性の政治学を主題にしたワークショップを開くからと自分を誘ってくれた時には、少し躊躇した。意味などあり得るのだろうか？　性は性、政治は政治だ。一緒くたにしたら、きっとどちらも楽しくなくなってしまう。〔……〕

全ワークショップを通じ、我々は交代で自分たちのこれまでの人生について語り、我々の性的経験やライフスタイルに関する質問に答えた。そうしたことをじっくり考えるのは神経を使うことだった（また、真っ裸になったとしてもこれほどまでに自分を曝け出してしまうことはなかっただろう）ので、この時間がやがてワークショップの諸活動のなかでもっとも爽快なものになっていったことは、我々参加者の名誉と言っていいだろう。こうした話し合いを通じて、性の政治学の意味が明らかになりつつあったのだ。我々はそれぞれに自分たちの個別の領域――男性、女性、ゲイ、ストレート、既婚、未婚、そのほか何でも――に収まって安穏としていた。それぞれの育ちと先入観に洗脳されていたのだ。ワークショップ参加以前、自分のことをどれほどリベラルだと自認していたとしても、今や我々は互いに「他者」と差し向かいで対面していたのであり、多くの先入観が誤っていたことが証明される現場に立ち会っていたのだ。（Ritchie 138-40）

シャーはここで、ワークショップ参加前は自分が「性の政治学」という言葉に警戒心を持っていたことをまず告白し、ワークショップにおける諸活動――関連文献の読書会、即興のエチュード、自らのライフストーリーを互いに告白し、それについてみなで再考する話し合いなど――を通じて、自分の考え方に大きな変化が生じたことを語っている。引用中の「自分のことをどれほどリベラルだと自認していたとしても」という部分は、「我々（we）」を主語とした一般化された表現を用いてはいるが、ゲイの男性という決して多数派ではない性的アイデンティティをもってワークショップに参加したシャー自身も、自らをそのように考えていたことは想像に難くない。偏見から自由だと思っていた自分たちのリベラリズムそのものにも各自の偏見があり、その枠のなかでしか物事を認識していなかったことが、普段の生活のなかではあまり交わらない多様な人々の内面に触れることで明らかになったのである。

ワークショップ参加者たちが各人にとっての「他者」と直接向き合い、自らの認識の檻を自覚する経験は、作者チャーチルにとっても重要なものであったと推察されるが、それは『クラウド・ナイン』という作品を構成する二つの大きな要素からもうかがえる。その第一点は、ヴィクトリア朝のアフリカと現代のロンドンをシュールレアリスム的な時間感覚でつなぐ劇構造である。チャーチルはこれについて、「ワークショップで少しばかり話題となった、植民地主義的な抑圧と性的なそれとの間にある相似関係」（PI 245）を執筆時に思い返したと簡潔に説明しているが、スタフォード＝クラークの回想はワークショップによって得られた現代とヴィクトリア朝を二重写しにする感覚をより具体的に伝えてくれている。

ワークショップで自分たちのセクシュアリティについて論じる機会を得ることに、みんな強迫観念的になっていたかもしれない。けれど、我々が話を聞いた人々の多様な性的経験も同様に重要な影響力を持っていた。ある役者はアイルランドの田舎で育った自分の生い立ちを話してくれたが、まるでマライア・エッジワースの『ラックレント城』——一八〇〇年に出版された本だ——からそのまま取ってきたかのような話だったし、スタジオの管理人がしてくれた暴力的な夫についての恐ろしい話にはディケンズめいた響きがあった。一九七八年のロンドンで、我々自身の逸脱的で混乱したセクシュアリティが、一世紀前の話でもおかしくないような数々の人生と付き合わせになったのだ。(Roberts and Stafford-Clark 69)

シャーの回想同様、ここでも問題になるのはやはり、自分語りではなく他者の語りに耳を澄ますことによって得られる認識の変革である。具体的に特に注意すべきは、ワークショップで主導的な役割を担ったリベラルを自認する演劇関係者たちが、ヴィクトリア朝という時代と連想づけられる植民地主義的/性的な抑圧と暴力は決して過去の問題ではなく、自分たちにとっての〈今、ここ〉(一九七八年のロンドン)に同時に存在しているという気づきだったと言えよう。

その気づきの一例としてスタフォード=クラークが挙げている「スタジオの管理人」というのが、第二の点に関わってくる人物である。これは、ジョイント・ストックがワークショップに使用したスタジオの管理人をしていた五〇歳代の女性のことを指しており、当初彼女はこのワークショップに対してきわめて敵対的な態度を取っていた。シャーによれば、参加者たちがいくら親しげに話しかけても管理人は嫌悪感を露わにした反応ばかりするため、やがてみなは彼女を存在しないものとして扱うようになっていったのだが、第二幕でのベティを演じることになるジュリー・コヴィントン（一九四六‐　）だけは諦めず、「大変驚いたことに、ある日ジュリーが、管理人が我々のワークショップに興味を示したのでセッションのひとつに参加するよう誘っておいたと我々に告げた」（Ritchie 139）のだという。管理人はワークショップ参加者たちの前で、自分は厳しく躾けられて育ち、結婚後は夫から日常的に暴力を振るわれていたこと、だが中年を過ぎてから生まれて初めて自分を軽蔑的な態度で遇しない男性と出会い、その人物と初めての性的オーガズムを得たことなどを語った。その時の気持ちを尋ねられた際の彼女の答え――「まるで天に昇ったような最高の気持ち（on cloud nine）」（Ritchie 139）――が、そのまま戯曲の表題として採用されることになったのだ。

いずれも関係者一同にとってワークショップ体験が『クラウド・ナイン』という芝居の成立にいかに不可欠な要素であったかがうかがえる逸話だが、チャーチルにとってはヴィクトリア朝的と思われる価値観が自分と同じ時代を生きる人々をも依然として抑圧していることの認識、かつ各人のレベルでそこから解放された瞬間の語りに立ち会う経験は、劇構造やタイトルのみならず、配役を考える上でも大きな意味を持っていたと思われる。次節では、『クラウド・ナイン』のテクストを参照しながら、キャスティングの問題について考えてみたい。

クロス・キャスティングの働き

この戯曲の第一幕を貫くのは、家父長制度がいかに人々の主体性を奪うかという主題であり、それはくどいほどに芝居の冒頭で強調されている。幕が開くと、舞台は一九世紀アフリカに赴任した植民地行政官クライブの屋敷のベランダであり、旗竿にはユニオン・ジャックが翻っている。クライブとその家族――妻ベティ、息子エドワード、娘ヴィクトリア、ベティの母親モード、子供たちのガヴァネスであるエレン、黒人の使用人ジョシュア――が勢揃いして「集まれ、イングランドの子らよ」（*PI* 251）という歌を歌い、歌が終わるとクライブが観客に向かって家人を一人ずつ紹介する。紹介された人物はそれぞれ父権的価値観を内面化した自己紹介の台詞を口にするが、いずれも空々しい響きを持っている。

その空々しさは複合的な要素により醸し出されるようになっているが、まずこの場面の台詞（および第一幕最終場におけるクライブのスピーチ）が戯曲全体を通して唯一、緩やかな弱強五歩格の韻文体という現代の観客にとって不自然な文体で書かれていることが挙げられるだろう。また、クライブが自分自身を含めてすべての人物を父権社会における役割・機能として理解しており――「私はこの地の原住民の父にして／かくまで大事な家族の父」、「我が妻は妻があるべき姿そのもの」、「私のボーイは宝物。まことにオに溢れてる／こいつが黒人とは思えない」（*PI* 251）など――個人としての主体性を認めていないことにも、彼の褒め言葉の裏にある暴力を感じさせる。そして何より、ベティの「私はクライブのため生きています。人生の目的のすべては／夫が妻に求めるものになること。／私はご覧の通り男性に作られたものであり／男の人が私になって欲しい姿が私のなりたい姿」という台詞や、ジョシュアの「私の肌は黒いけれど、私の心は、おお、白いのです。／〔……〕／白人男性が私になって欲しい姿が私のなりたい姿」（*PI* 251-52）といった台詞に明らかなように、紹介された人物たちが判で押したように同じ表現を繰り返すことが、これが彼らの真実の声ではないという印象を強く観客に与える仕組みになっているのだ。

この一家の実情がクライブが称揚する愛情で結ばれた家父長的核家族の姿からは程遠いことは、第一幕が進むうちに次々と明らかになってくる。ベティはクライブの友人として一家に滞在することになった冒険家のハリーを愛しており、彼に不倫の駆け落ちを迫るが、ハリーはやんわりと断り続ける。彼は実はゲイであるからで、以前の滞在時にはベティの息子でまだ九歳のエドワードと性的な関係を結んだらしいことがほのめかされる。エドワードも事あるごとにハリーと二人きりになりたがり、「前にあなたがここに来た時、僕たちがしたこと覚えてるでしょ。またやりたいな。いつもそのこと考えてる。一人でやろうともしたんだけど、一人だとそんなにうまくやれないの」（*PI* 270）とハリーに性的な接触を試みるものの、ヴィクトリア朝の〈男らしさ〉から逸脱する自分に対する不安を抱えるハリーはこれも回避しようと努める。ベティは報われぬ婚外の恋情をガヴァネスのエレンに相談するが、ベティが「彼に髪を撫でて欲しい」、「私の腰に手を回して欲しい」、「キスして欲しい」と、ハリーにしてもらいたいことを列挙すると、エレンは「こんなふうに？　ベティ」（*PI* 271）と述べてその通りの仕草をし、自分がベティを愛するレズビアンであることを明かすのだ。

いわば第一幕の登場人物たちはみな、彼らが内面化する道徳規範と自身の指向や欲望とのずれに苦しむ、仮面をかぶった人物なのであり、それは「私の肌は黒いけれど、私の心は、おお、白いのです」と訴えるジョシュアの台詞においても例外ではない。ジョシュアのケースにおいては、家父長制的男性中心主義に由来する抑圧に人種間の抑圧が交差配列的に重ね書きされており、彼は主人のクライブの前では忠実な僕を装い、植民者と先住民との間の小競り合いで両親が殺された時にも、「父と母は悪い人間でした」、「あなたが私の父であり母なのです」(*PI* 284) とクライブに伝え、葬式に参列しようともしない。その一方、女性であるベティや子供のエドワードの前ではあからさまに侮蔑的な態度を見せ、彼らの言動を逐一クライブに密告する。ジョシュアは、白人男性に対しては子供としてふるまいつつ、男性的権威を内面化して女性や子供にはその抑圧を再生産するという二重の檻に囚われている人物なのである。

ベティやジョシュアを中心に多くの登場人物たちが抱える白人男性中心主義と異性愛至上主義の抑圧を舞台上で可視化するのが、性別や人種を交差させたクロス・キャスティングである。メシュエン社より出版された作品テクストの登場人物一覧を見ると、「クライブ、植民地行政官」といった通常の説明のほか、「ベティ、その妻、男性が演じること」、「ジョシュア、黒人の使用人、白人が演じること」、「エドワード、その息子、女性が演じること」といった役者の性別に関する指示がある (*PI* 248)。このアイデアは脚本執筆時にはすでにチャーチルのなかで固まっていたようだ。スタフォード=クラークの備忘録には、脚本の初稿が配布された後、役者からのフィードバックを得て修正稿の準備をしている時期であった一九七八年一二月一七日に、ワークショップには参加したが最終的に上演メンバーからは降りたジェイン・ウッドから「ベティが男性の役である意味が分からない」という質問がなされ、チャーチルが「ここのポイントは、クライブが自分のイメージ通りに妻と使用人を作り上げたということ」だと回答したやりとりが記録されている（Roberts and Stafford-Clark 89）。

　エリン・ダイアモンドはその著書『ミメーシスの仮面を剥いで』（一九九七）で、反リアリズム的な傾向をフェミニズム演劇が有する共通の特質のひとつとし、ブレヒトの叙事演劇が持つ異化効果との親近性を論じているが、彼女はその好例として『クラウド・ナイン』におけるクロス・キャスティングへ言及している。ダイアモンドの主張するところでは、チャーチル劇におけるブレヒトの遺産は単に観客を挑発するような上演上の細工にあるのではなく、「慣習的な演劇の様式は、資本主義イデオロギーと結びついていること」（Diamond 88）を暴いている点にある。その観点から考察すれば、「ジェンダー交差的、人種交差的な配役が明らかにするのは、ジェンダーや隷属性とは、身体とその欲望を抹消してしまうような文化的に規範化された装置であるということ」であって、「男性中心の世界で男性に従属する家庭の天使であるベティは文字通り人工的／男に作られた《マン・メイド》存在」であることが男性が演じることでより明確になるとともに、「白人の植民地経済に奉仕するジョシュアが上演に際してその経済が意味する色を帯びる」（Diamond 88-89）ことにも妥当性が生まれてくるのである。

　こうしたさまざまな捩れが頂点に達するのは、ハリーがゲイであることを知って嫌悪感を露わにしたクライブが第一幕の最終場で彼を矯正するために整える、ハリーとエレンの縁談である。披露宴は第一幕第一場と同じクライブ宅のベランダで行われ、クライブが家父長として家人を紹介する作品の冒頭部を観客に再び想起させる働きを持っているとともに、ゲイの男性とレズビアンの女性による半ば強制された異性婚はクライブが体現する家父長制イデオロギーがもっともあからさまに他者に押しつけられる瞬間を意味している。ここで、クライブの不倫相手として彼の家庭で特異な位置を保持していたソーンダーズ未亡人が、ベティといざこざを起こしてクライブから「今すぐ我が家から出て行っていただきたい」（*PI* 287）と身勝手に放擲されてしまうことなどは、クライブの抑圧が高まっていることを裏書きする効果があると言えよう。

だが、抑圧が最高度に高まる瞬間は同時にそれが綻びる瞬間でもある。披露宴の最中ずっと酒を飲み続けるジョシュアは、クライブが弱強五歩格で語る「危険は去った。敵は死んだ。／〔……〕／不満の声は鎮められた。／新郎新婦に平和と喜びと幸いあれ」（*PI* 288）という祝婚のスピーチを聴きながら銃を取り出して彼を撃とうと構える。ジョシュアの行動に気づくのはエドワードのみだが、彼はジョシュアを止めることなく、発砲に備えて耳を塞ぐ。その瞬間に舞台は暗転し、幕切れとなる。『クラウド・ナイン』は、ヴィクトリア朝的価値観のいびつさをまずクロス・キャスティングによって可視化し、さらにはその演劇的装置の重要な一翼を担う登場人物の発砲を予見させることで、そのようないびつさが永続的に続くことはあり得ないというメッセージを鮮烈に訴えているのである。

アメリカ初演時になされた変更

クロス・キャスティングが重要な役割を果たす第一幕に比べると、場面を一九七九年のロンドン（初演時における現代）に移した第二幕では、ほとんどの人物が役割上と実際の性別を一致させた配役となる（このような転換は、出演者全員が第一幕と第二幕では異なる役を演じるという配役によって可能になる）[2]。すでに述べたように、第一幕と第二幕はシュールレアリスム的に接続されており、歴史的時間としては一世紀が経過しているが、第一幕の登場人物たちにとって第二幕は二五年後の世界である。第一幕から継続的に登場する役柄はベティとその二人の子供たちであるエドワードとヴィクトリア（ただし後者については、第一幕では人形を使い、第二幕で初めて役者が演じるという指示がある）の三名で、そのほか新たに、エドワードの恋人ジェリー、ヴィクトリアの夫マーティン、彼女の友人でシングルマザーのリン、リンの娘のキャシーが登場する。[3]

第二幕の主要登場人物たちもみな、一見自由度が増したように見える現代のロンドンにおいてもそれぞれに自己と社会や周囲の人々とのしがらみのなかで問題を抱えている。たとえば、成長したヴィクトリアはフェミニストとして夫婦生活における女性の側の性的満足の重要性や、妻が夫や子供と離れて遠隔地で働く可能性などを考えているが、夫のマーティンは（リベラルで理解ある夫を自認してはいるものの）そのような妻に困惑し、夫婦仲がうまくいっていないらしいことが、彼らの会話の端々から伝わるようになっている。リンはシングルマザーとしてキャシーを育てているが性的指向はレズビアンであり、ヴィクトリアを愛している。エドワードはゲイであることを隠して公園の庭師として働いているが、恋人のジェリーが同時に複数の相手と性的関係を持つライフスタイルを続けようとするために苦しみ、ベティは夫のクライブとの別居を決心するが、自分で働いた経験がないため、この先の暮らしに不安を感じている。

だが、第二幕が第一幕と大きく異なるのは、第一幕では家父長制イデオロギーが個々人を抑圧し、ついにはすべてが瓦解するまでの破滅的な経緯が風刺喜劇的な筆致で描かれるのに対し、第二幕ではそのようなカタストロフィは起こらず、登場人物がみなそれぞれに少しずつ変わってゆく終わり方になっている点だろう。もちろん、そのような変化に至るまでの道のりは平坦ではない。ジェリーはエドワードに、帰らぬ自分を待って遅くまで起きているような態度が自分をうんざりさせると主張し、「俺は既婚者になりたいわけじゃない」、「おまえを離婚してやる」（*PI* 307）と告げて、同居していた家を出て行ってしまう。ヴィクトリアはマンチェスターでの就職機会を得るが、ロンドンに夫と子供を置いていくことに関してマーティンと深刻な意見の対立を見ている。ベティは夫と別居して、生まれて初めての一人暮らしをするものの、不安神経症的になり、ヴィクトリアに「何もできないような気がするの。道も一人では歩けないように思う。何もかもがすごく恐ろしげなの」（*PI* 298）と訴える。ここでベティが口にする「恐いの（I'm so frightened）」（*PI* 298）という台詞は、彼女が父権制の桎梏から自由になろうとする過程で向き合わねばならない切実な心情を表現しており、作品の最終場でも繰り返されることとなる。だが、それはおそらくベティ一人に限ったことではなく、「恐い」というのは一九七九年のロンドンを手探りで生きる登場人物たち全員の不安定な状況を情動的にひとことで表現するキーワードだと考えられる。

けれど『クラウド・ナイン』は、先が見えないからこそ事態が思わぬ方向に動いて、それぞれの新しい光が見えてくることもあるという希望が込められた結末を用意してもいる。第二幕第三場（冬から始まった第二幕は、この時夏になっている）では、夜の公園で酒を飲んだヴィクトリアとリンとエドワードが、車座になってキリスト教以前の女神の召喚を試みる。最初は女神が見えたふりなどして降霊会を茶化していたリンだが、やがて北アイルランド紛争に巻き込まれて死んだ軍人の兄を幻視して取り乱す。彼らを諫めに割って入ったマーティンは、ヴィクトリアを連れて行こうとしてリンから「ヴィクトリアは私とエドワードと一緒に暮らすのよ」と訴えられるが、彼は「そういう話はしらふの時にしてくれ」(*PI* 311)と答えて相手にしない。一方のエドワードはいつの間にか第一幕の少年の姿になっており、「僕たちがしたこと覚えてるでしょ。またやりたいな」(*PI* 311)と、第一幕でハリーに述べた台詞を今度はジェリーに向かって告げる。

このように舞台全体をマジック・リアリズム的な雰囲気が覆ったところで、出演者全員が「クラウド・ナイン」という歌を合唱し、それが最終幕の予見する変化の兆しの象徴となる。だが同時に、それが単純な問題解決や幸運の到来を意味するわけではないことも、この合唱曲の歌詞は強く示唆している。

第九雲に届いたらさぞ素敵だろうな[4]

もや立ち込める　暗い夜
私とあの人　公園を散歩
あの人言った　俺のものになれよ天国見せてやるよ

第九雲に届いたらよく気をつけるんだよ（*PI* 312）

右に引用した詩の第一節では、男性主導の異性愛イデオロギーに沿うことが無条件で幸せを意味するわけでないことが示されているが、第二節以降はブラインド・デートを試みる男女、六五歳の花嫁と一七歳の花婿など異性愛に基づく核家族イデオロギー社会から見れば逸脱的な愛のかたちが列挙される。この歌は、何を「第九雲」にある状態だと感じるかにも、個々人による多様性があることを訴え、最終場に向けて観客の心を受容的な状態へと整えていく働きを持っているのである。

この合唱ののちに最終場である第二幕第四場（季節は晩夏に移っている）が始まると、観客は、ヴィクトリアは今やバイセクシュアルとして、マーティンと別居してリンやエドワードとともに暮らしており、前場での酔ったリンの提案が実現していることを知る。エドワードは庭師の職を辞して、主として二人の子供の世話をしながら暮らしている一方、ベティは対照的に（おそらくは病院の受付係として）働き始め、生まれて初めて手にした給金に子供の如く興奮している。今や自己肯定感を身につけた彼女は、長い独白で、自分の意志で自分の身体を悦ばせた経験を観客に向かって語る。

クライブが私を見ないなら、そこに人間などいないように思っていた。ある晩アパートのベッドで一人、あんまり恐かったので自分の体を触り始めた。自分の手が空中をすり抜けてしまうんじゃないかと思えた。でも、自分の顔を触ってみると、顔はあった。腕も、胸もあった。もう少し下まで手を動かしてみた。子供の頃に触ってはいけないと言われたところ。それから、ちゃんと人間がいるんだと思えた。すごくいい気持ちになれた。もうずうっと昔に忘れていた気持ち。とても柔らかく、触れるか触れないかという程度。自分というものがどんどんしっかりしてきて、クライブに対する怒りやお母さんに対する怒りが湧いてきた。二人に反抗する気持ちで自分を触り続けた。自分のなかから溢れんばかりの感情が湧き出して私をすっぽり包んだ。二人はもう私を止められない。誰も止められない。〈私〉は確かにそこにいて、しかもどんどん〈私〉が高まっていった。後で、クライブを裏切ってしまった、お母さんに殺される、と思った。でも二人と私は別の人間なんだと分かったので、勝ち誇ったような気分でもあった。でも別の人間になりたくはなかったので、その時は泣いてしまった。でも、もう泣きはしない。(*PI* 316)

父権制度が女性に与える〈娘〉や〈妻〉といった社会的役割以外のアイデンティティを獲得する経緯と、自分の身体を自分の意志で触る自慰行為が重ねられたこの独白は、上演時にはしばしば静かな感動を呼ぶとともに、彼女自身が〈母〉として子供たちを縛っていた楔からも自由になるエンディングへとつながっていく。この独白の直後にヴィクトリアとリンがやって来て、リンはベティも一緒に暮らそうと提案する。またベティは、エドワードの元恋人ジェリーが公園にやって来たところを捕まえて語り合い、エドワードがゲイであることを受け入れる。今や自分や子供たちの多様なセクシュアリティを受け入れる精神の準備が整ったベティの元へ、第一幕のクライブが現れて彼女を非難するものの、もはや第一幕で振るっていたような影響力を彼女に振るうことはできず、すぐに退場していく。それと入れ替わりに第一幕のベティが現れると、第一幕のベティと第二幕の彼女が抱擁をして芝居は幕を閉じるのである。

このような包摂的な終わり方は、『クラウド・ナイン』という作品の主題が、ベティの解放を中心としながらも、バイセクシュアルのフェミニストであるヴィクトリア、レズビアンのリン、家庭的なゲイのエドワードとボヘミアンのゲイであるジェリーなどを通じて示される、社会におけるセクシュアリティおよびライフスタイルの多様性の肯定にあることを伝えてくれる。しかし興味深いことに、一九八一年のニューヨークにおけるアメリカ初演時にはそのような主題が後景化し、個人の成長というテーマの一部だけが突出した演出となった。アメリカの劇作家兼演出家エミリー・マン（一九五二‐　）が『スティル・ライフ』（一九八二）のロンドン公演でイギリスに滞在中、インタヴュー嫌いで有名なチャーチルへのインタヴューを実現させた（一九八四年一一月二三日）ことがあるが、この時のチャーチルの言葉は、『クラウド・ナイン』を上演する国や地域が持つ文化やアンビエンスによって、この作品がいかに変幻自在に解釈され得たかを伝えてくれる。

チャーチルによれば、ニューヨーク公演の変更点としては、第一幕が風習喜劇というより笑劇《ファルス》になっていたことも挙げられるが、何より第二幕のエンディングが大きく変わっていた。ニューヨーク公演の演出を担当したトミー・チューン（一九三九‐　）は、スタフォード＝クラークの演出によるロンドン公演を見ていたのだが、彼はアメリカの観客の情動的な傾向を考慮して、「ベティの独白と歌を作品の結末に持ってきて、それらをより強いクライマックスとしていた」（Betsko and Koenig 83）のだという。

ある意味で素晴らしいと言えるのかもしれないけれど〔……〕個人としてのベティがあまりに強調されてしまうので、私はあまり好きではなかった。元々の演出は、第一幕と同じようなやり方で複数の人々が今度は成長をしていくという点に、より重点を置いていたから。それにニューヨーク版だと、自己発見と自慰による性の喜びを知ったベティが、その経験を他の何ともつなげられないまま、最後まで孤独で終わってしまう。(Betsko and Koenig 83)

これを聞いたマンが、演出家が独断でそのような改変をしたのだとしたら信じがたいと述べたため、チャーチルはチューンは事前に作者に相談をしてくれたし、自分も面白い試みだとは思ったと断りを入れ、その上で、自分たちとチューンの想定の違い――ひいては、英米の文化の違い――を感じたと告げている。チューンの演出は、ひとことで言えば「あの芝居を、より情動的で個人的なものにした」のだが、これに対しジョイント・ストックはそもそもが、「パーソナルなものと対比させて、複数の人間や社会を作品の主題として扱う」(Betsko and Koenig 84) 劇団なのである。ニューヨーク公演での演出の工夫を目の当たりにすることで、チャーチルは、『クラウド・ナイン』という芝居が異なる解釈や演出に開かれている可能性とともに、個人主義的であるよりも社会主義的であるという自身およびジョイント・ストックの立場を再確認することになったのである。

近年の『クラウド・ナイン』批判

誰によって書かれたどのような戯曲であっても、想定される観客が属する文化や風土によって作品の解釈や演出に幅が生まれることはもちろん、時代の移り変わりによってもその評価が変わってくることは避けられない。特に、『クラウド・ナイン』のような、意識的に強い政治的なメッセージを発している芝居であれば、なおさらのことである。本章の最後に、この戯曲をめぐる評価の変遷を簡単に追ってみたい。

『クラウド・ナイン』のイギリス演劇史上における意義は何よりもまず、ブレヒト的な異化効果を取り入れた非リアリズム演劇の形式で、作品制作当時のイギリス社会の性の政治学を可視化してみせたことだろう。キャサリン・イッツィンは、『クラウド・ナイン』初演の翌年に刊行した『革命の舞台――一九六八年以降のイギリスの政治劇』で、この点を高く評価し、「『クラウド・ナイン』はきわめて政治的であったが、それは日常の政治学、小文字の政治学だった〔……〕。アジテーションやプロパガンダではなく芸術であり、そのイメージの鮮烈さには議論の余地がない」(Itzin 287) と手放しの賞賛をしている。イッツィンの見立てでは、この芝居は「性的役割や役割調整に関する我々の根深いところにある想定――性的抑圧と資本主義的抑圧、経済的な帝国主義と性的な帝国主義が結びついた形のもの――を掻き乱した」(Itzin 287) のであるが、このような全面的な肯定からは、どことなく『クラウド・ナイン』が新作の芝居だった時期の興奮が感じ取れるのではないだろうか。

だが、この戯曲がフェミニズムとポストコロニアリズムを接続するそのやり方については、たとえばチヤンドラー・モーハンティーが一九八四年に発表した論文「西洋の視線の下で」のなかで提唱した「第三世界フェミニズム」という概念が広く受け入れられるようになってくると、批判の余地があるという見方を無視することはできなくなった。モーハンティは、西洋白人フェミニストたちが第三世界の女性たちを論じる際に、個々の女性を取り巻く社会・文化・階級・教育といったものを無視し、「アフリカの女性」といった均質的なカテゴリーに押し込めていることに疑問の声を呈する。西洋のリベラル・フェミニストたちが「女性とは均質的なカテゴリーであるという概念を第三世界の女性たちに当てはめることは、社会的階級や民族的構造においてそれぞれ異なる立場にある女性集団の立ち位置の複数性や同時存在性を植民地化し、搾取していることになる」(Mohanty 39)のであり、要するにパトロン顔でオリエンタリズムを再生産しているに過ぎない。そのような観点から見れば、第二幕が提示するロンドン社会とそこに住まう人々の具体性や個別性に比べて、「ヴィクトリア朝のアフリカ」としか設定されていない第一幕の劇空間と、そこで描かれる非白人の表象は、あまりに概念的で西洋中心的に過ぎるという指摘を免れ得ないだろう。

また、九〇年代以降は、一般的には高く評価されることの多いクロス・キャスティングがかえって異性愛イデオロギーを強化してしまう可能性について指摘する向きも少なくない。たとえばジェイムズ・ハーディングは、本章でもすでに取り上げた、ガヴァネスのエレンがハリーへの恋心に苦しむベティにキスをする場面を取り上げ、「チャーチルのクロス・キャスティングの文脈において、テクスト上における異性愛言説の転覆が実際の舞台上における演技と衝突してしまう」(Harding 261)と指摘している。男性がべティを演じることは、ベティが男性によって作られた存在であるというチャーチルの意図を示すには効果的であるが、同じ設定が、エレンとベティによる性的規範からの逸脱可能性を秘めたレズビアン的瞬間を因習的な異性愛の肯定として再構築してしまうのだとハーディングは訴える。[5]もちろん、男性がベティを演じることが、そこまでこの場面を異性愛化してしまうものなのかどうかについては、上演論の立場からさらに異論もあり得るだろう。だが、こうした議論がでること自体が、ジェンダーや人種と演劇の問題について、『クラウド・ナイン』が常に再考の可能性に開かれていることを意味しているのであり、この戯曲がなお現役である証左となっているのではないだろうか。

註

1　二〇一六年に出版された『性の政治学』新装版に跋文を寄せたマーガレット・ミードは、ポストフェミニズムの時代に生きる我々にはもはや想像しにくいが、四五年前には『タイム』誌がミレットの巻頭特集を組み、彼女は「女性解放運動における毛沢東」(Millett 365) だと熱っぽく描写されていたことを紹介し、この書の歴史的意義に注意を促している。

2　第一幕と第二幕の配役の組み合わせについては、チャーチルは演出家の判断でどのようにしてもいいとは述べているが、全集版では参考として一九七九年の初演時と一九八〇年の再演時の配役表を提示し、初演時の配役（クライブ／キャシー、ベティ／エドワード、エドワード／ベティ、モード／ヴィクトリア、ソーンダーズ未亡人とエレンの一人二役／リン、ジョシュア／ジェリー、ハリー／マーティン）を、家父長のクライブから社会的に弱い立場にある少女への変化とベティとエドワードの相関関係の明確化のゆえに、気に入っている旨を表明している（*PI* 247）。

3　第二幕ではキャシーだけがクロス・キャスティングの対象となる役柄で、五歳の少女という設定ではあるが、巻頭の登場人物一覧（*PI* 248）にも第二幕冒頭のト書き（*PI* 289）にも「男性が演じる」という指示がある。なお、キャシーの年齢は登場人物一覧では五歳だが、第二幕冒頭のト書きでは四歳となっているので、冬から始まって晩夏で終わる第二幕の途中で誕生日を迎えることが示唆されている。また、ヴィクトリアとマーティンの夫婦にもトミーという子供がいるが、これは舞台の上には実際には登場しない。一見ヴィクトリア朝に比べて自由な一九七九年のロンドンも、畢竟子供が主体的な自己を自由に発揮できるところではないことが、『クラウド・ナイン』第二幕の二人の子供の扱いから見えてくるのではないか。

4　「第九雲（cloud nine）」という表現は、一九五〇年代のアメリカのラジオ番組が発祥と言われる口語表現。もともとはアメリカ気象庁が雲を九つのタイプに分類した時の最上層部を指すが、キリスト教およびユダヤ教における「第七天国（seventh Heaven）＝最上天」との連想から、「最高の気持ち」を意味するようになったものである。

5　ハーディングのクロス・ジェンダー配役に対する批判は、シェイクスピアの『オセロー』（一六〇四頃）におけるオセローの配役にまつわる議論の変遷を彷彿とさせる。『オセロー』のタイトル・ロールはシェイクスピアの時代以来、白人の俳優が顔に炭などを塗ってムーア人を演じるのが上演上の習わしとなっていた。だが、一八二六年のアイラ・オールドリッジ（一八〇七－六七）や一九三〇年のポール・ロブソン（一八九八－一九七六）による先駆的な上演などを経て、一九八〇年代以降は黒人でない役者がオセローを演じることに対する拒否感が演劇界全体を通じて非常に強くなった。だが、二〇世紀末になってくると、そのような極端から極端に走るような流れに対して、黒人が演じるオセローはかえって黒人のステレオタイプを強化しかねないという疑問も呈されるようになってきており、たとえばイギリスの黒人俳優ヒュー・クォーシーは、オセローのような「白人の俳優が黒塗りをして白人の観客の前で演じることを想定して書かれた役柄を実際の黒人が演じる時、彼は白人のものの見方――誤った見方――を〔……〕むしろ奨励していることになるのではないか。

となるのではないか?」(Quarshie 5) と述べている。

第四章　サッチャー時代と『トップ・ガールズ』

女性首相の誕生とチャーチルの危機感

キャリル・チャーチルの代表作というのみならず、二〇世紀イギリスのフェミニズム演劇を代表する作品としても、『クラウド・ナイン』と並んで広く知られているのが、『トップ・ガールズ』（*Top Girls*, 1982）だろう。だが、ジョイント・ストックのワークショップを通じて得た多様な経験や言葉を織り合わせた『クラウド・ナイン』が、父権的価値観から逸脱する登場人物たちがそれぞれに新しい一歩を踏み出し、特に中心人物であるベティが自立に伴う恐怖心を克服して自分を抱きしめるという希望を感じさせる場面で幕を閉じるのに対し、『トップ・ガールズ』は成り立ちも終わり方もかなり異なっている。まず、『トップ・ガールズ』は、スタフォード＝クラークが演出を手掛けてはいるものの、ジョイント・ストックによる上演ではなく、基本的にはチャーチルが数年にわたって温めてきた彼女個人の構想に基づく芝居である。また、階級であれジェンダーであれ、この戯曲が立場を超えた人々の連帯の可能性を示すことはなく、作品は主人公マーリーンの娘アンジーが夢遊状態で繰り返す「恐いの（Frightening）」（*P2* 141）というつぶやきで終わる。

両作品のこのような結末部の大きな違いの背景には、『クラウド・ナイン』から『トップ・ガールズ』に至る三年の間に、イギリス社会では、一見女性の躍進のようにも思えるものの、チャーチルのような社会主義的フェミニストの立場から見るとむしろジェンダーや階級の平等と連帯を難しくするような変化が起こったことが考えられる。すなわち、マーガレット・サッチャー（一九二五–二〇一三）が一九七九年五月四日にイギリスで初めて女性として首相に就任したことである。チャーチル自身は、メシュエン社から刊行の『戯曲集　第二巻』（一九八七）に寄せたイントロダクションで、『トップ・ガールズ』の断片的な構想はかなり以前からあったものの、サッチャーの首相就任が作品執筆の大きなきっかけであったことを、「何年も前のノートに、ダル・グレットへの言及があるのを私は最近発見したが、たくさんの女性が登場して多様な仕事をしている芝居について考え始めたのは一九七九年のことで、もちろん同じ年にはサッチャーが〔女性として〕初めて首相の座に就いたのだ」（*P2* ix）という、そっけないほどの簡潔さで説明している。

女性首相の誕生は、一見女性の社会進出とジェンダー平等を促進しそうなものであるが、チャーチルを含む社会主義的フェミニストにとっては、サッチャーの奉じた新自由主義は女性が男性中心的な競争原理を内面化することでむしろ女性たちの分断を煽るものであった。第三章でも引いたエミリー・マンとの対談や、それに先立つ別のインタヴューでは、チャーチルは『トップ・ガールズ』が部分的にはサッチャーの政治に対する疑義の表明として構想されたことをもう少し丁寧に語っている。

> サッチャーはちょうど首相になったばかりでした。それで、女性の首相を得たとしても、それが彼女のような政治信条を持つ人物だったなら本当に女性にとって前進と言えるのか、といった話をみんなとしました。サッチャーは女性かもしれないけど同胞《シスター》の女性ではないし、仮に同胞《シスター》の女性だとしても同志《コムレイド》ではないから。実際のところ、サッチャー政権下では、女性にとっていろいろなことが悪化しています。(Betsko and Koenig 78)

> 私が『トップ・ガールズ』で意図していたのは、冒頭では——主人公であるマーリーンが、きわめて競争的、破壊的、資本主義的なやり方で成功を収める様子を見せることで——女性の成し得た功績を讃えるかのようにしておいて、疑問を突きつけることでした。その功績とやらは一体どんなものなのか?ってね。あたかもフェミニストの芝居のように始まって、やがて社会主義の芝居に転換するのが全体の構想だったのです。(Betsko and Koenig 82)

これは『トップ・ガールズ』を論じる文章が必ず引用するといっても過言ではない有名な発言なのだが、本章もこれを足がかりとして、『トップ・ガールズ』がサッチャー時代のイギリスの政治に対してどのような異議申し立てを行なっていたのか、改めてその歴史的な立ち位置を整理したい。そのために次節ではまずサッチャーの政策とその影響について概観する。その後、『トップ・ガールズ』の大きな特徴である、第一幕と第二幕以降でシュールレアリスムとリアリズムの二股に分かれたような劇構成が、チャーチルの言う「あたかもフェミニストの芝居のように始まって、やがて社会主義の芝居に転換する」というテーマを、サッチャリズムの文脈においてどのように反映しているのかを検証する。

主人公マーリーンはサッチャーの標榜する新自由主義を内面化した競争社会の勝者であるが、労働者階級の女性が置かれた立場を体現している姉のジョイスは彼女と対立し、二人の断絶が劇中で改善のきざしを見せることはない。偽ってジョイスの娘として育てられているマーリーンの実子アンジーは、両者の間で引き裂かれたもっとも無力な存在であり、本作はアンジーの「恐いの」(*P2* 141) という言葉を通して、立場の異なる女性同士の連帯を拒むような社会が子供の未来を奪いかねないことを示唆して終わる。しかし、『トップ・ガールズ』は批判と問題提起の物語としてのみ読むべきであろうか。本章は最後に、『クラウド・ナイン』のような希望的観測が書き込まれている可能性をこの戯曲から読み取れるかどうかについても考えてみたい。

サッチャーのマネタリズム政策

マーガレット・サッチャーは一九二五年にリンカンシャーのグランサムという町で、食料雑貨商アルフレッド・ロバーツと妻ベアトリス・エセルの次女として生まれた。[1] 一家の住居は店の上階で、庭もなく、トイレは家屋の外についているという、お世辞にも豊かとは言えない暮らしではあったが、マーガレットは教育熱心だった父の勧めもあって勉学に励み、一九四三年にオックスフォード大学のサマヴィル・カレッジへと進学する。彼女の在学時には、イギリス最古の学生弁論団体であり、政治を志す多くの学生にとっての最初の活動の場であったオックスフォード・ユニオンの会員になれるのは男子学生のみだったため、彼女は、ボリス・ジョンソン（一九六四－　）のようなオックスフォード・ユニオン出身の首相ではない。だが、彼女も大学時代に発声とスピーチのレッスンを受け、オックスフォード大学保守派連盟の会長になるなど、在学中に政治的なキャリアの第一歩を踏み出した。一九五〇年には保守党から最年少の立候補者として出馬するも、落選。しかし、翌年に一〇歳年上の裕福な実業家デニス・サッチャーと結婚すると、政治活動に必要な経済的基盤も整い、一九五九年には初当選を果たす。一九六四年の総選挙敗北後、保守党では議員の投票で党首を選出するようになった。この制度変更のために貴族議員でないサッチャーも、一九七五年に党首選で党内の新右派勢力から――舌禍事件の多いキース・ジョゼフ（一九一八－九四）の代打のようなかたちで――立候補することが可能となり、エドワード・ヒース（一九一六－二〇〇五）を破って保守党党首となった。

一九七九年五月の総選挙では、経済の規制緩和や通貨の統制、水道・電気・ガス・郵便・鉄道といった公共インフラの民営化によるイギリス経済の競争力回復を公約に掲げて地滑り的な勝利を収め、労働党から政権を奪還してイギリス初の女性首相となり、ダウニング街にある首相官邸へ入った。こうした公約から明らかなように、サッチャーが代表する保守党新右派が堅持していたのは新自由主義に基づくマネタリズム政策である。市場機構の働きへの信頼を基盤に、雇用の安定よりも貨幣供給量の調整と金利操作によるインフレ抑制を重視して経済の安定成長を図るマネタリズムは、政府による個人や市場への介入を最小限に抑えることを伴う政策であり、第二次世界大戦後以来のイギリスの福祉国家政策は、ここにおいて大きな転換点を迎えることとなった。証券・金融市場を海外に開放し、海外からの投資を増加させる金融政策とともに、一九五〇年代までは労働人口の七割を占めていた第二次産業従事者に対しては、一九八一年の労使関係法、一九八二年の雇用法、一九八四年の労働組合法など、労働組合の弱体化を狙いとした一連の法整備を進めた。このため、ロンドンを中心とした都市部には「ヤッピー」と呼ばれる金融やサービス部門などの高度専門職従事者が急増する一方、重工業や鉱業を中心としたイングランド北部は新自由主義政策の恩恵から取り残されるという地理的な格差も生まれた。

一九八四年二月には、当時の石炭庁の総裁イアン・マクレガー（一九一二–九八）が、当時一七八あった炭鉱のうち二〇を閉山する計画を発表した。イギリス最大の労働組合だった全国炭鉱労働者組合（NUM）の委員長アーサー・スカーギル（一九三八–　）はこれに対抗してストライキの指令を出し、一九八四–八五年にかけて全国的な炭鉱労働者ストライキが起こった。このストライキの様子と最終的な敗北については、劇作家リー・ホール（一九六六–　）が脚本を手がけた映画『リトル・ダンサー』（原題 *Billy Elliot* 二〇〇〇）に詳しい。のちにホール自身の手によってこの作品がミュージカル化された時には、労組でのクリスマス・パーティの場面に、参加者がみなで「警官どもは列を組む／サンタも民営化してるから／このめでたいクリスマスにも」といった歌詞でサッチャーの政策を揶揄する「メリー・クリスマス、マギー・サッチャー」という歌が加えられ、観客もともに盛り上がる人気の場面となった。[2]『リトル・ダンサー』が、炭鉱労働者の息子がバレエ・ダンサーを志す困難を描いた映画であることに示唆されるように――ただし、映画のなかで主人公ビリーが闘わなければいけないのは主として炭鉱労働者文化に内在する男性性へのこだわりとハイカルチャーへの偏見であり、すべての問題をサッチャリズムに還元するような単純な読みは慎むべきではあるが――サッチャリズムは第二次産業従事者のみならず芸術関係者にも大きな打撃を与え、両者は無関係ではないと考える演劇関係者も多かった。サッチャー政権の歳出削減は、すでに挙げた水道・電気・ガス・郵便・鉄道などの民営化のほか、教育や芸術活動といった文化面においても苛烈であったため、一九七〇年代に結成された実験的な劇団の多くは活動停止や解散に追い込まれることとなった（第三章の冒頭で言及したフェミニスト演劇集団「怪物的連隊《モンストラス・レジメント》」は、そうした小劇団のひとつである）。

こうした種々の政策に対して抗議の声があがるたび、サッチャーが好んで用いたのが「他に選択肢はない（There is no alternative）」という表現であり――頭文字をとってTINAと呼ばれた――この断固とした非妥協的な態度は彼女に「鉄の女《アイアン・レイディ》」というニックネームを与えるとともに、立場の異なる者同士の対話を通じた現状打破の可能性について、反サッチャー派を絶望させるものであった。もちろん、ここで概観したようなイギリス社会の変化はサッチャーが首相の座にあった一九八〇年代を通じて徐々に起こったことであり、『トップ・ガールズ』が執筆・上演された一九八〇年代初頭には、まだ大規模炭鉱ストのような事件が発生したわけではなかった。だが、サッチャー自身の新自由主義傾向と、アメリカのレーガン政権が一九八一年より掲げたマネタリズム政策「レーガノミクス」との親和性は当初より明らかであったため、チャーチルは同年の『クラウド・ナイン』ニューヨーク公演で渡米した際に感じた、アメリカ的新自由主義やその枠組みに寄り添ったブルジョワ・フェミニズム（とチャーチルが感じたもの）への違和感を、サッチャー時代のイギリスが内包する問題として捉えたのであろう。『リトル・ダンサー』が、炭鉱ストの時期には作中のビリーとそう大きな年の差もなかったリー・ホールの筆によって懐古的にサッチャー時代を振り返っているのに対し、『トップ・ガールズ』はサッチャー時代到来の渦中で書かれた、『今、ここ』の記録になっているのである。

時空を超えた昇進祝賀パーティ

本章の冒頭でも簡単に触れたが、『トップ・ガールズ』はシュールレアリスム的な第一幕と、通常のリアリズムの枠組みのなかで展開する第二、第三幕（ただし時間的には、第三幕が第一、二幕の一年前というひねりが加えられている）という雰囲気が大きく異なる二部構成になっている。第一幕は主人公のマーリーンが、自身が勤める女性向け就職斡旋会社トップ・ガールズで常務取締役に昇進したことを祝うパーティの場面であるが、招待客はすべて、彼女と同じ時空を生きる自分ではなく、洋の東西を問わない歴史上・伝説上の著名な女性たちなのである。

招待客を登場順に確認すると、最初に現れるのはスコットランド出身で『日本奥地紀行』（一八八〇）

などの旅行記で知られるイザベラ・バード（一八三一―一九〇四）と、『とはずがたり』の作者とされる後深草院二条（一二五八―一三〇六?）であり、ともに文名を残した女性たちである。次に登場するのは九世紀の半ばに女性であることを隠して教皇の地位に就いていたとされる伝説的な法皇ジョウンと、フランドル民話に登場する女性の軍団を率いて地獄を制圧した女傑ダル・グレット――前者はタロット・カードの「女教皇」のモデルとされ、後者は、大ブリューゲル（一五二五頃―一五六九）の油彩画で知られる――で、いずれも伝説的な領域に属する人物ながら、知的エリート階級の最上位と小作農民という対照的な立場の二人組でもある。最後に遅れて登場するのが、ボッカチオの『デカメロン』（一三四八―五三）や、それを翻案したジェフリー・チョーサー（一三四〇?―一四〇〇）による『カンタベリー物語』（一三八七?―一四〇〇）の「学僧の話」に登場する「辛抱強いグリゼルダ」である。多かれ少なかれ、これまで登場した四人がそれぞれのかたちで、男性中心社会に対する鬱屈や逸脱性を抱えていたのに対し、グリゼルダはそれを内面化して横暴な試練を課す夫に徹底的に服従する点で、他の招待客とは異質な存在だと言えよう。

マーリーンは、グリゼルダの到着を待たずにスピーチを始め、「私たち、みんな長い道のりを経てここまで来た。私たちの勇気と、私たちが女の生活を変革してきたやり方と、私たちの素晴らしい功績に」（P2 67）と高らかに乾杯の音頭を取る。この台詞の主語は一貫して「私たち」ではあるが、その実その場にいる女性たちが真の連帯感をもって集まっているわけではない。彼女たちにとってやや異質なグリゼルダを待たないだけでなく、この場面に至るまでのほかの女性たちの会話も、お互いに言いたいことを言い募るばかりで対話の態《てい》を成してはいない。イザベラは彼女が後年いそしんだ慈善事業が実際は家庭を顧みず旅ばかりしていた罪悪感の埋め合わせであったという告白、二条は後深草院の愛人として産んだ赤ちゃんを奪われた悲しみと虚しさ、ジョウンは行進の最中に出産したために石打で殺されたことなど、パーティの参加者たちは互いに自分の囚われているトラウマを、相手の話には耳を傾けずに語り続けているだけなのである。

この点を明確にするために、チャーチルは本作のテクストにおいて、スラッシュ（／）とアスタリスク（＊）という記号を独自のやり方で用いている。作者自身の説明によれば、スラッシュを入れた箇所は台詞の途中で割って入る台詞を示唆し、アスタリスクを入れた箇所はその前後がつながっていることを示す（*P2* 52）。たとえば、まだみなでメニューを見ている冒頭の場面ですら、すでに彼女たちが互いの言葉を話半分にしか聞いていないことは、次のようなやりとりから察せられる。

ジョウン 〔……〕私はいつもエウリゲナの教義に惹かれてたわ。ただし、彼はよく／神と世界を混同してたけれどね。
イザベラ 私もあの頃はよく悲しみに打ちひしがれてた。
マーリーン 私が好きなのはレアのステーキ。グレットは？
イザベラ 私はもちろん／イングランド教会の信徒。＊
グレット じゃがいも。
マーリーン ＊私はもう何年も教会には行ってないわ。／クリスマス・キャロルは好きだけど。

イザベラ　善行のほうが教会の礼拝に行くより重要よ。(*P2* 58-59)

この場面では、ジョウンが中世スコラ神学について語るとイザベラは自分の父の死と信仰についてややずれた返答をしているが、それもジョウンの台詞が終わるのを待たずに「彼はよく」のところで自分の話を始めてしまっている。一方、マーリーンはグレットに好きな料理を尋ねているものの、グレットとの会話に集中しているわけではない。彼女はイザベラが「イングランド教会の信徒」と述べたところで会話をそちらに注意を移して「私はもう何年も教会には行ってないわ」と返答し、グレットの「じゃがいも」という答えを聞いてはいない。さらにイザベラは人の話が終わるのを待たずに自分の話を始める癖があり、ここでもマーリーンの台詞が終わるのを待たずに「行ってないわ」まで聞いたところで自分の意見を述べ始める、といった具合である。

彼女たちのてんでばらばらにしゃべる傾向は第一幕が進むごとに強まり、最後には酔っ払ったジョウンがほかの誰にも通じない、ところどころ文法的に不正確なラテン語で祈り始め、部屋の隅で嘔吐してしまう。やや図式的な解釈が許されるのであれば、嘔吐で終わる第一幕が示唆するのは、ジュリア・クリステヴァの言うアブジェクシオンの作用を反転させたものと言えるかもしれない。クリステヴァによれば、主体が想像界から象徴界へと移行する際に前エディプス的・言語習得以前の要素は棄却されなければならない。この棄却の行為は赤子が母乳を吐き戻す行為になぞらえ得るものであり、棄却すべき「忌むべきもの《アブジェクト》」は自分を形成してきたものでもあるという二重性を抱えている。ゆえに「忌むべきもの《アブジェクト》」

を抱えた主体は「永遠に果てしなき道を行く夜の旅人」（Kristeva 8）と言えるのだが、他人の声に耳を傾けず自分のことばかりをしゃべりすぎる彼女たちの場合には、想像界に属する言語以前の自分ではなく、むしろ言語こそが自らに反旗を翻す「忌むべきもの《アブジェクト》」となり果てて、彼女たちの主体を不安定にしているのではないだろうか。

彼女たちがエゴに囚われて不安定な状態にある個の寄せ集めに過ぎず、決してシスターフッドを形成しているわけではないことは、第一幕を通じて彼女たちを給仕するウェイトレスに誰一人注意を払わず、またウェイトレスには彼女たちと対照的に一切の台詞が与えられていないことからもうかがえるだろう。ウェイトレスは第一幕で唯一マーリーンと同じ時空に存在する人物であることを考慮すると、マーリーンの彼女への無関心は周囲に対する共感性の欠如を示唆するものであり、第二幕以降の雰囲気を予表する働きがある。レベッカ・キャメロンは、『トップ・ガールズ』の第一幕を、二〇世紀初頭の女性運動でしばしば催された「女性たちの行進」の系譜上にあるものとして読み解き、興味深い分析をしている。セシリー・ハミルトンによる『偉大なる女性たちの行進《パジェント》』（一九〇九）や、ジョージ五世の戴冠式三日前に当たる一九一一年七月一七日に少なくとも二八以上の女性参政権運動団体がロンドンで共同開催した「女たちの戴冠の行進」などが、古今東西のさまざまな女性たちをタブローとして登場させ普遍的な女性たちの連帯を理想的に歌い上げながら、その背景にある思考は西洋中心の帝国主義的イデオロギーを免れていないという問題を孕んでいるのに対し、「チャーチルは、女性たちの間にはイデオロギーや振るうことのできる力において大きな差があるのだと視覚的にも聴覚的にも明らかにすることで、普遍的なシスターフッドという理想化された概念を突き崩して」いる（Cameron 164）。キャメロンの指摘の通り、第一幕におけるトップ・ガールの集まりは、むしろシスターフッドの不在を観客に突きつけているのだ。

マーリーンとジョイスの対立

『トップ・ガールズ』の第一幕と第三幕は場面転換がなく、ひとつの場面がそのまま幕の全体を形成しているが、その間に挟まれた第二幕は三つの場面から形成され、マーリーンが働くロンドンのトップ・ガールズ・エージェンシーの場面を前後に挟んで、第二場では彼女の出身地で今も姉ジョイスが住むサフォークの様子が描かれる。マーリーンの同僚や仕事を探しに来たクライアント、サフォークで暮らすジョイスなどが、緩やかに第一幕と対応した立場の異なる女性たちの様子を示している。たとえば初演時のキャスティングでは、主としてエリート層の女性たちのなかにあって学問のない農民階級の女性であったダル・グレットと、学習障碍があり将来の展望が見込めない少女アンジーは、キャロル・ヘイマンが一人二役を務めていた。

トップ・ガールズ・エージェンシーでの業務風景は資本主義的競争化社会を濃縮して提示したかのようであり、女性が働く際に直面するさまざまな困難を垣間見せてくれる仕組みになっている。たとえば、第二幕の冒頭でジェニーンという女性と面談をしているマーリーンは、彼女がじきに結婚する予定であることを就職面接で伏せるように忠告するし、第三場では同僚のネルが、女性重役の椅子はひとつしかないので、マーリーンがそれを射止めた以上は転職を考えていると漏らす。また、マーリーン自身も、常務取締役を争っていたハワード・キッドの妻が突然会社に現れて、夫が気落ちしているので役職を譲る気はないのかとほのめかされる。

キッド夫人　夫の様子を見てもらえれば、私の言っていることが分かるはず。女の下で働くだなんて、彼はどうなってしまうことやら？　もし相手が男性なら、今回の昇進争いの件も普通のこととしていずれは克服できるでしょうけれども。

マーリーン　今回だって、いずれは克服すると思いますよ。

キッド夫人　その矛先が向けられるのは私ですよ。私が昇進したわけでもないのに。

〔……………………………………………………………〕

マーリーン　この会社の現状を彼が好まないなら、退職して別のところで働いたっていいでしょう。

（*P2* 112-13）

専業主婦のキッド夫人は、第一幕の名も無きウェイトレスを別にすれば作中で唯一ファースト・ネームが明らかにされない人物であり、彼女が社会的に夫に所属して生きる存在であることが示唆されている。キッド夫人と、自分の能力を発揮して昇進を重ねてきたことを誇りにしているマーリーンとは対照的だが、互いに相手の境遇に対してきわめて無感覚である。キッド夫人は結果を出し続けることを求められるキャリア・ウーマンの困難を知ろうともしないし、マーリーンは夫の鬱憤の吐け口にされる専業主婦のつらさを想像しようともしないのだ。

最後には「出てけ（piss off）」（*P2* 113）という強い言葉を使いながら、非妥協的な態度でキッド夫人を追い返したマーリーンを「ほんとに素晴らしい人ね」（*P2* 113）と讃えるのが、憧れの叔母（本当は実母）に会うために第二場で家出をしてきたアンジーだ。彼女はサフォークでのジョイスとの暮らしに息の詰まるほどの閉塞感を感じており、「死ねばいいのに」（*P2* 87）、「殺してやろうと思う」（*P2* 90）といった言葉を近所に住む少女キットに漏らすのみならず、ジョイスから部屋の片付けをするように繰り返し言われると、かっとなって煉瓦を手に取り殴りかかろうとする。その一方でキットから叔母の何がそんなに特別なのかと問われるたび、アンジーは「母さんに嫌われてるから」（*P2* 94）、「人に仕事の世話をしてるから」（*P2* 95）、「アメリカに行くから」（*P2* 95）といった答えを返すが、要するにマーリーンはアンジーにとって、ジョイスと過ごす息苦しい労働者階級の日常生活と対極にある存在なのである。

しかし、マーリーンがアンジーの思いを受け止めることはない。突然職場に現れたアンジーに彼女は明らかに困惑しているし、ジョイスと一緒に来たのではないと知り、「なら学校の遠足で来たの？」（*P2* 108）と尋ねる台詞からは、義務教育を修了してからは進学せずに家にいる娘の現状をマーリーンが普段忘れていることを示唆している。また、第二幕の最後では、同僚のウィンが「あの子、いい子ね？」（*P2* 120）とマーリーンに話しかけると、アンジーを切り捨てるような返事をしている。「あの子はものにならないわ」（*P2* 120）と、「あの子ちょっと愚鈍なの。ちょっとおかしいのよ」、こうした三人の複雑な家庭関係を過去に遡って提示するのが、第二幕からちょうど一年前の時間設定で、サフォークのジョイスの家をマーリーンが訪問する第三幕である。この会合はマーリーンに会いたいアンジーが、ジョイスとマーリーンの双方にお互いが会いたがっているかのように嘘の情報を流して実現したものだが、実際に対面した姉妹の関係は冷え切っている。観客は二人の会話から、マーリーンは一七歳で未婚の母となるが、その赤ん坊をジョイスに預けてキャリア・ウーマンの道を歩み、アメリカ留学ですっかり新自由主義を内面化したこと、一方のジョイスについては慣れない赤ん坊の世話で自身の子供を流産してしまったこと、夫とは離婚して、皿洗いなどの肉体賃金労働により女手ひとつでアンジーを育てていること、亡父の墓参りや施設に入居している老母の訪問なども欠かさないこと、労働者階級に属していることを自らの誇りとしていること、アンジーは学習障碍があって特殊学級に通っていること等々の情報を得る。

これらの情報のみを整理すると、第三幕のマーリーンは批判されるべき対象として描かれており、エレイン・アストンの言うように、この戯曲の主眼は「社会主義のないフェミニズムの危険性」（Aston, *Feminist* 20）を暴くことにあるようにも見える。だが、姉妹の感情的なやりとりにおいて、労働者階級のアイデンティティに固執するジョイスが決して理想化されていないことにも、観客は注意を向けるべきだろう。

マーリーン　私は労働者階級なんて大嫌い、／あなたはそれになろうと

ジョイス　あんたはそうよね。

マーリーン　してるらしいけど、階級なんて、もはや存在しないのよ。労働者階級なんて、怠け者で愚かってことよ。／あの人たちのしゃべり方も好きじゃない。私は嫌なの、

ジョイス　ちょっと、あんた私を怒らせる気なの。

マーリーン　ビール腹とか、フットボール騒ぎで嘔吐とか、生意気な態度の女の子とか、／兄弟《ブラザー》とか姉妹《シスター》とか呼び合うのとか――

ジョイス　私はロールス・ロイスを見たら唾を吐きかけてやるし、メルセデスだったら指輪で引っ掻き傷つけてやるけど。（*P2* 139-40）

会話の内容もさることながら、相手の話を最後まで聞かずに割って入ることを意味するスラッシュ記号が、特にジョイスを演じる役者へのキューとして多用されている点からうかがえるのは、マーリーンだけでなくジョイスもまた自分とは立場の異なる人々への想像力が足りず、攻撃的になりがちだということなのである。そもそも、マーリーンが捨てた娘を養育しているという点を過剰に評価してジョイスを英雄視することは、観客や批評家が母性神話に加担してしまうことにもつながる。作者チャーチル自身もこの点は意識していたようで、アンジーが実はマーリーンの実子だという設定は最後の段階で加わったものであり、「作品にとって重要ではない」（Roberts 211）とコメントしている。

この姉妹をいかに解釈するかという問題について、メアリ・ラックハーストは初演時から二一世紀にかけて大きな変化が起こってきたと指摘している。ラックハーストによれば、初演時からしばらくは多くの

批評家たちが「マーリーンがアンジーを拒否したことのみに焦点を当ててきた」ものの、二一世紀には、「自己破滅的になって、援助が差し出された時にそれを拒否するジョイスのような女性はどうなのか」(Luckhurst 98) といった相対的な視点が加わるようになった。姉妹を相対的に理解することと関連して重要なのが、二人の間に挟まれたアンジーの立ち位置である。自助努力で労働者階級の暮らしを脱したと自負するマーリーンが、自分のようになれなかった人々を「愚かで怠け者で臆病 (stupid, lazy and frightened)」だと表現すると、ジョイスは次のように尋ねる。

マーリーン　あの人たちが愚かで怠け者で臆病だったら、そんな人たちに仕事探しの手伝いなんてしない。なんで私がそんなことしてあげなきゃいけないの。
ジョイス　アンジーはどうするの?
マーリーン　アンジーはどうするって?
ジョイス　あの子は愚かで怠け者で臆病よ。で、あの子はどうなるの?
マーリーン　それはあの子をけなし過ぎだわ。アンジーはきっと大丈夫よ。(*P2* 140)

普段あまりアンジーと接していないマーリーンは、この時には「アンジーはきっと大丈夫」と答える。ただ、この直後に埒のあかない会話を諦めて二人がそれぞれ床に就くと、夢遊病の気味があるらしいアンジーが階上からふらふらとマーリーンの眠る階下のソファへと降りて来て、「恐いの (Frightening)」(*P2*

141）という寝言を繰り返す場面でこの戯曲は終わる。終幕まで見終えた観客は、この時改めて第二幕の終わりにマーリーンがアンジーを評した「あの子はものにならないわ」（*P2* 120）という台詞を思い出し、その言葉がこの夜の経験によって生まれたことを遡及的に理解するだろう。『トップ・ガールズ』のこのような劇構造に鑑みれば、一九八〇年代にキャサリン・イッツィンが指摘したように、「アンジーが繰り返す『恐いの』という言葉は、芝居を締めるものであると同時に、マーリーンがおのれの成功のため無視することを選択したあらゆるものの総和を意味している」（Itzin 97）のだと、マーリーンとアンジーのみを二項対立的に捉えるのも無理はないことだろう。

だが、マーリーンが体現するサッチャリズムに対しての異議申し立てという、八〇年代には批評家が目をくらまされるほどに強烈だった作品の背景的文脈が過去のものとなった二一世紀には、必ずしも本作の登場人物が二項対立的に書き分けられてはおらず、登場人物が善悪で切り分けられているわけでもない点にも注意が払われるようになっている。二〇一一–一二年のシーズンに、初演時の演出家であるマックス・スタフォード＝クラークが再び演出を担当して『トップ・ガールズ』が再演された時、アンジー役を務めたオリヴィア・プレは「アンジーは、〔ジョイスとマーリーンの〕双方が互いに挑むための道具のように扱われているけれど、二人とも、アンジーに機会も希望も与えることなく未来任せにしている点は同じ」だと、実際に演じての所感を述べたそうである（Luckhurst 98）。プレの指摘の通り、『トップ・ガールズ』の真の主題はサッチャリズムへの批判ではない。作品では、マーリーンのみならずジョイスにもまたアンジーの未来を真剣に気遣う愛他精神が欠けていることが示唆されており、どのような立場にあろうとも、それぞれのイデオロギー的立場に固執して対話を拒むことは未来の象徴である子供を抑圧してしまうという危機意識こそが、時事的なサッチャリズム批判を超えて作品が訴えかけてくることなのである。

アンジーの恐怖は克服できるか

『トップ・ガールズ』が訴えた問題は、サッチャリズムという狭義のレベルにおいては過去のものとなったかもしれない。だが、職場における女性の立ち位置の複雑さや立場の異なる女性同士による生産的な対話の難しさといった広義のレベルにおいてはどうだろうか。二〇〇八年に、コンティニュアム出版社（二〇一一年よりブルームズベリー出版社傘下）の現代演劇ガイドシリーズの一冊として『トップ・ガールズ』のガイドブックを著したアリシア・タイサーは、「私は、『トップ・ガールズ』が純然たる歴史的作品とみなされ得る未来が来るのを楽しみにしている」（Tycer 101）という言葉で同書を締めくくっており、逆説的にこの戯曲が提起する問題は過去のものとはなっていないのだと主張している。

同様に、キャサリン・リースが二〇二〇年に出版した現代イギリス演劇を広汎に論じるモノグラフでも、彼女は『トップ・ガールズ』について、「この戯曲を二一世紀に読んでみると、一九八二年に女性たちが職場で直面していた諸問題が今なお解決されていないことは明らかで、こうした闘争の完全に問題のない説明を観客に提供することの拒絶を通じて、チャーチルは〔……〕闘争が人間性を損ない、気力を挫くものであることを繊細な筆致で描いていたのだ」（Rees 45）と述べており、総じて批評家たちは、『トップ・

ガールズ』は安易な希望や解決を示す芝居ではなく、問題を突きつけるものであり、その問題の本質は初演から四半世紀以上が経過しても大きく変化していないという立場を取っている。しかし当然のことだが、安易な解決を示さないことと、解決はないのだと悲観的になることは必ずしも同じではない。本章は最後に、『トップ・ガールズ』の第二幕第二場に登場する、アンジーの年下の友人キットに、マーリーンともジョイスとも異なるあり方の可能性を探ってみたい。

第二幕第二場は、ジョイス家の裏庭にアンジーが作った隠れ家に、彼女とキットが身を寄せ合って、ジョイスの呼び声から隠れているところから始まる。アンジーはこの時一六歳でキットは一二歳である。特殊学級での通学だったことや義務教育を終えたあとは進学をしなかったことなどから、アンジーにはどうやら同年代の友人がいないらしく、二人の関係にも不穏な雰囲気が漂っている。

キット　お母さんがね、あんたが私みたいな年頃の子と遊んでるのはおかしいって言うの。なんで同年代の子と遊ばないんだって。で、あんたと同年代の子はあんたはちょっとおかしいって言ってるんでしょ。お母さんが言うには、あんたは私には悪影響なんだって。あんたのお母さんにひとこと言ってやるつもりだってさ。

（アンジー、キットが泣き出すまでその腕を捻り上げる。）

アンジー　私は嘘つきです、って言いな。

キット　私じゃなくて、お母さんが言ってるの。

アンジー　私はクソ野郎です、って言いな。
キット　そんなこと言わされてたまるもんか。
（アンジー、腕を離す。）（*P2* 93）

アンジーは大人たちから相手にされていないだけでなく、子供の世界でもやはりはぐれ者とみなされており、こうしたやりとりは彼女がまったく孤独であるかのような印象を与える。実際、彼女たちの会話からは、キットが成績の良い子供であることも示唆されており、タイサーの概括によればキットは「一九八〇年代のイギリスの変わりゆく経済の結果、〈ひとかどのもの〉になる可能性のある労働者階級出身の少女」（Tycer 33）――つまり、未来のマーリーン――として描かれている。また、言語的な自己表現能力に欠けるがゆえに、自分の心情を表すためにはすぐに身体的な暴力に訴えてしまうアンジーは、言葉の上でのやりとりを聞くとキットに対して威嚇的であるばかりで、彼女と豊かなコミュニケーションを取っているようには見えない。アンジーに「あたしのこと好き？」（*P2* 94）と訊かれたキットが「知らない」（*P2* 94）と素気なく答えるのも、無理からぬように思われる。

だがその一方で、キットは単に未来のマーリーンとしてアンジーと対比されている訳ではない。そもそもキットは、闇雲にマーリーンに憧れるアンジーとは異なり、彼女から聞く「特別な」おばさんに特に感銘を受ける様子もなく、繰り返し「何がそんなに特別なの？」（*P2* 94-95）と尋ねる。また、二人の間には非言語的な奇妙な絆が形成されてもいる。アンジーから、おまえはまだ幼いから血が怖いのだろうと執拗に言われたキットは自分の股間に手を突っ込み、自身の経血がついた指をアンジーに突き出す。するとアンジーはその指を掴んで舐め上げ、「これで私も食人種ね。ひょっとしてヴァンパイアになっちゃうかも」(*P2* 90)と言い出し、自分に生理がきた時には同じようにしろとキットに迫るのである。このショッキングな要請に対し、キットは「やるわ。やるかもしれない。でもあんたに言われたからやらなきゃいけないって訳じゃない。あんたは本当にいやになる」(*P2* 90)と答えているので、彼女が問題にしているのは自己決定権であり、その儀式めいた行為そのものを忌避しているのではないことがうかがえる。年齢や知力、将来の展望などに大きな開きのある二人の少女は、二人だけにしか通じない血の儀式でもって一種の絆を形成しているのである。

第二幕第二場の後半では、呼んでも来ないアンジーに焦れたジョイスが部屋の片付けをするよう隠れ家までやって来て、憤ったアンジーが先に退場すると、舞台上に残ったジョイスとキットがしみじみとしたやりとりを始める。

ジョイス　〔……〕あなた、同じ年頃のお友達はいるの?
キット　ええ。
ジョイス　ならいいけど。
キット　私、年のわりに大人だから。
ジョイス　それでアンジーの方はおバカだし、ってね? でもあの子、バカではないのよ。

キット　私、アンジー好きよ。
ジョイス　あの子なりに賢いところがあるの。
キット　止めても無駄よ。
ジョイス　止めるつもりもないわ。（P297）

これは言葉数も少ない何気ないやりとりでのようはあるが、本作中もっとも対話らしきものが成立している点で、重要な場面だと言えよう。自らが抑圧されていることをうっすらと感じて常に怒っているアンジーや、自らが選択した生き方を肯定するために労働者階級を攻撃せざるを得ないマーリーンの前では、キットもジョイスも攻撃的になり、相手に対して許容的な態度を取ることができなくなる。だが、アンジー不在の場で彼女について語る二人は、彼女に対するそれぞれの気持ちが決して一面的ではないことを観客に教えてくれるのである。

この時、初演時のキャスティングにおいては、第一幕で古今東西のトップ・ガールズから完全に無視されていた名も無きウェイトレスが、第二幕第二場ではキット役を務めていたことに注意を払ってもいいかもしれない。目覚めている時のアンジーの怒りは、戯曲の最後に寝ぼけた彼女が漏らす恐怖と表裏一体なのだが、彼女の抱える脅えと怒りを超克する可能性を『トップ・ガールズ』という戯曲が盛り込んでいるのだとすれば、それは第一幕の自分語りのパーティや、第三幕の姉妹の攻撃的な応酬にあるのではなく、それほど強い利害関係を持たない者同士がふとした瞬間に交わす会話のような、緩やかなつながりの形成のなかにあるのかもしれない。
　キットとアンジーの仲が今後どうなっていくのかは、『トップ・ガールズ』の知るところではない。やがてはキットも母親のいわゆる常識的な意見を内面化してアンジーとの付き合いを控えるようになる未来も十分にあり得る一方、この奇妙な友情は今後も続くのかもしれず、まったくのオープン・クエスチョンとして描かれている。女性と仕事を取り巻くさまざまな問題を舞台の上に披瀝し、立場の異なる女性たちが連帯することの不可能に近いほどの難しさを訴える『トップ・ガールズ』という戯曲のなかにあって、このオープン・クエスチョンはある種の希望——ふと同じ空間を共有した者たちの何気ない会話が、やがてはしっかりした真の対話へと発展していく希望——として機能しているのではないだろうか。

註

1　本節におけるサッチャーの伝記およびサッチャー時代のイギリスについては、主として長谷川貴彦『イギリス現代史』、David Canadine, *Margaret Thatcher: A Life and Legacy*, Ben Jackson and Robert Saunders, eds., *Making Thatcher's Britain*, *Oxford Dictionary of National Biography* を参照している。

2　ミュージカル版『ビリー・エリオット』で使用する楽曲はエルトン・ジョン（一九四三– ）が担当したが、歌詞はすべてリー・ホールによるものである。ホールは炭鉱労働者の家庭の出身ではなく、室内装飾業者を父に持つが、ニューカースル＝アポン・タインというイングランド北東部の町に生まれた労働者階級の出身者という意識を強く持っており、映画『リトル・ダンサー』でもタイン川沿いに隣接する炭鉱町ダラムでのストライキを描いている。

第五章　ルーマニア革命と『狂える森』

チャーチルの作風の変化

サッチャー時代の到来とともに福祉国家から新自由主義的競争社会へと大きく舵を切ったイギリスの現状を、冷静な眼差しで、しかし対話の希望を捨てずに考察したのが、『トップ・ガールズ』という作品であった。こうした彼女の代表作からは、チャーチル作品と社会主義的フェミニズムが切っても切れないつながりを持っていることが改めてうかがえる。その一方、フェミニズムは広範な文脈から見た支配と抑圧の構造に対する異議申し立てでもあるために、ポストコロニアリズムやエコクリティシズムなど隣接的な批評と連携しやすく、チャーチルにもこの傾向は見られる。特に『トップ・ガールズ』以降、一九八〇年代の彼女は作風の変化が著しく、主題の射程および形式的な実験性の両面において、フェミニズム演劇にとどまらない融通無碍な多様性を見せるようになる。

たとえば、一九八四年七月二日にバービカン劇場でロイヤル・シェイクスピア・カンパニーによって初演された『ソフトコップス』（*Softcops*）は、舞台に実際に登場する人物全員が女性であった『トップ・ガールズ』とは対照的に、全員が男性より成る群像劇である。これは、ミシェル・フーコーの『監獄の歴史』（一九七五、英訳版一九七七）を題材に、一九世紀フランスの法務省役人ピエールを狂言回しとして、近代ヨーロッパにおける刑罰が身体に対するものから規律の内面化という精神に対するものへと移行していく様子を、元犯罪者で後に警察の密偵となったフランソワ・ヴィドック（一七七五―一八五七）や、一望型監視施設パノプティコンを考案したジェレミー・ベンサム（一七四八―一八三二）などの歴史上の人物を散りばめて描いた作品である。[1] また、チャーチル劇としては異彩を放つのが一九八七年の『シリアス・マネー』（*Serious Money*）であるが、これは一七世紀のシティ・コメディの系譜をパロディ化しながら、現代ロンドン金融市場の狂躁を風刺した芝居であり、作品の冒頭には英国資本主義揺籃期の風刺喜劇へのオマージュとして、トマス・シャドウェル（一六四二頃―九二）の喜劇『義勇兵、または相場師たち』（一六九二）からの一場面がカメオ的に挿入されている。ただし、シャドウェルの作品がイギリスの伝統的な喜劇のフォーマットに従い、階級や信条の違いを若い世代の結婚というハッピー・エンディングを通じて乗り越えようとするのに対し、チャーチルの『シリアス・マネー』は、ビッグバン（売買手数料の自由化や証券取引所会員の外部資本への開放などを含む、サッチャー政権によって行なわれた一連のイギリス証券取引所の改革）によって激化したロンドン金融街シティの競争を苛烈なまでのドライさで描き出し、そこではいかに和解や連帯といった概念が否定されるかこそが作品の訴える主要なメッセージとなっている。

また、形式的な変化としてしばしば指摘されるのは、チャーチルが八〇年代半ば以降、非言語的なパフォーミング・アーツへ高い関心を寄せるようになるということであり、この時期には「ダンスや身体演劇の持つ革新的でダイナミックな世界や、ピナ・バウシュ（一九四〇―二〇〇九）と彼女のヴッパタール舞踊団やDV8フィジカル・シアターの芸術監督ロイド・ニューソンら国際的な知名度を持つ斯界人たちの非凡な作品へと目を向け」て、「自身の身体表現への興味の高まり」を積極的に打ち出した分野横断的な芝居を書くようになる（Luckhurst 133）。その早い段階のものとしては、一九八六年に振付師のイアン・スピンク（一九四九― ）を交えてデイヴィッド・ラン（一九五二― ）と共同執筆した『小鳥が口一杯』（*A Mouthful of Birds*）という作品を挙げることができるだろう。ワークショップを通じた協同性の高い創作スタイルは彼女のもともとの特徴のひとつでもあるが、九〇年代には特にスピンクや作曲家オーランド・ゴフ（一九五三― ）らとの共同制作を通じ、英語というおのれの母語に頼らない要素を積極的に作品へ取り入れようとしていた。

八〇年代から九〇年代にかけてのチャーチルは、主題と形式の両面において、彼女にとって「今、ここ」の問題をもっとも的確に舞台に載せるための新たな試みを続けていたわけだが、そうした作品群の極北といえるのが、一九九〇年の『狂える森』（*Mad Forest*）だろう。本作は、一九八九年一二月に起こったルーマニア革命という大事件を市井の人々の眼差しで切り取った政治劇なのだが、この企画はチャーチル自身の内部から生まれたものではなく、ジョイント・ストックでともに活動した経験のあるマーク・ウィング＝デイヴィーの発案であった。ルーマニア革命当時、彼はセントラル・スクール・オヴ・スピーチ・アンド・ドラマ（CSSD、二〇〇五年よりロンドン大学に編入され同大のカレッジとなった）の芸術監督を務めており、自分が普段接している学生たちと同年代の若者が多く犠牲者となったこの事件に深く心を動かされたのである。

ウィング＝デイヴィーから連絡を受けたチャーチルは、彼とともに一九九〇年三月にブカレストを訪問し、CSSDとブカレストのカラジアーレ映画・演劇芸術学校とが共同で行うルーマニア革命を主題とした演劇プロジェクトに作家として参加した。社会主義者として生きてきた彼女にとっても、一九八〇年代後半の一連の東欧革命による共産主義政権の崩壊は重要な関心の対象であり、現地では何が起こっているのかを少しでも理解したいという気持ちが強かったようである。『戯曲集　第三巻』（一九九八）に彼女が寄せた序文によれば、ブカレストで実際に現地学生やスタッフとワークショップを重ねたことは大いに有益であったと感じられたようだ。

ブカレストでの人々の感情はまだ生々しく、ルーマニアの学生やその他の人々は、チャウシェスク政権下のルーマニアがどのようなものであったのか、一二月に何が起こったのか、また私たちの滞在中に何が起こりつつあったのかを、我々が理解できるよう助けてくれた。わずかな時間ではあったが、独りで成し得る最大よりもずっと多くのことを我々は学べたし、一同がこれほど熱心に関わってくれなければ、この作品は生まれ得なかった。（*P3* vii）

ドナ・ソト＝モレッティーニは、サッチャー政権下の一九八〇年代イギリスでは時事的な事象に正面から取り組む「今、ここ」の政治劇は力を失ったと考えられていたという当時の文脈を説明した上で、『ニューヨーク・タイムズ』紙の劇評担当だったメル・ガッソウ（一九三三―二〇〇五）が『狂える森』を評した言葉を引きながら、本作は「時事演劇《シアター・オヴ・ザ・モーメンツ》とでも呼ぶべきジャンルへの関心の再覚醒」（Soto-Morettini 105）を告げるものと受け止められたと述べている。しかし、そのような再覚醒の動きが、チャーチル個人のなかから出てきたわけではないことには注意すべきだろう。かつてひとりきりでラジオ・ドラマを執筆していた彼女が、ジョイント・ストックや怪物的連隊《モンストラス・レジメント》とのワークショップを通じた劇作法に出会って新たな扉を開いたように、ここでもまた彼女は自分の外部からやってきた誘いに胸襟を開くことによって、自らの作品世界に新風を吹き込んだのである。

本章では、ルーマニア革命の概観を確認したのち、『狂える森』という作品が、執筆時にまさに今起こりつつあった事象を一編の政治劇としてどのように取り入れ、かつ再構築しているのかを追っていきたい。なお、共産主義を打倒した自由主義的革命であるルーマニア革命を主題とした本作の政治性を論じるに当たっては、R・ダレン・ゴーバートのように、第二章で取り上げた『バッキンガムシャーに射す光』（こちらは実現しなかったプロト共産主義革命について描かれたもの）を同じ系譜に属する芝居と捉えて、ともに論じることも多い（Gobert 123-63）。そのようなかシアン・アディセシアーは、フランシス・フクヤマが東西冷戦の終わりに際し、やがては自由民主主義と自由市場経済が普遍的価値として勝利を収めるだろうと論じていた時代にあって、チャーチルは『シリアス・マネー』と『狂える森』を通じて継続的に、フクヤマ的な「民主主義と資本主義のグローバル規模での勝利」という単純な世界図に再考を促していたのではないかと論じている（Adiseshiah, *Churchill's Socialism* 165-93）。本章ではアディセシアーの知見を参考に、チャーチルがルーマニアでの経験を通じてウィング＝デイヴィーや学生たちと作り上げた『狂える森』が、一九九〇年の「今、ここ」を誠実に切り取った時事演劇であると同時に、その誠実性のゆえに、〈分からなさ〉と向き合うという時事性を超えた認識論的な問題提起を行なっている芝居になっていることを論じたい。

ルーマニア革命――運命の一九八九年一二月二一日

ルーマニア革命をルーマニア一国の枠内で理解することはできない。一九八九年の夏頃から、ポーランドを嚆矢として、ハンガリー、東ドイツ、チェコスロバキア、ブルガリアにおいて次々と起こった共産党政権瓦解の動きを総称する「東欧革命」の掉尾を飾るのがルーマニア革命である。[2] 第二次世界大戦後にソ連の介入を背景に建国されたこれら東欧諸国では、一九八〇年代後半のソ連におけるペレストロイカの進行と足並みを揃えるように市民はスターリン主義型社会主義体制に対する反発を強め、一連の東欧革命へとつながっていった。だが、ニコラエ・チャウシェスク（一九一八‐八九）がとりわけ苛烈な独裁体制を敷いていたルーマニアでは、無血革命だったほかの国々とは異なり、凄惨な血が流れたことが異色であった。

革命の発端は、一九八九年の一二月一六日に、ルーマニア西部の都市ティミショアラである牧師の処遇に対する抗議デモが発生したことにあった。ハンガリーと国境を接するルーマニア西部はそもそも、一九一八年のオーストリア＝ハンガリー帝国の崩壊ののちトリアノン条約（一九二〇）によってハンガリーからルーマニア領へ編入された地域であり、ルーマニア国民としては新参となったハンガリー系住民に対しては、チャウシェスクは弾圧的な態度を取っていた。一九八七年よりティミショアラを管轄区としていたハンガリー系改革派教会の牧師ラースロー・テケシュは、事実上の追放処分として一九八九年一二月一五日に牧師館を追い出されることになっていたが、これに抗議した信者たちが教会に集まると、それが契機となって自然発生的なチャウシェスク政権に対する抗議デモとなった。当初数十名だった参加者は一六日には二五〇〇名を超え、群衆は教会を離れてティミショアラの共産党本部へと行進を始めたが、このデモはチャウシェスクの命令で武力弾圧され、当局は警官隊のほかに軍の治安部隊を投入して、多くの犠牲者を出しながらこれを鎮圧した。

この事態をあまり重要視していなかったらしいチャウシェスクは、鎮圧の翌日である一八日に予定を変更することなくイラン訪問を敢行し、二〇日に帰国するとすぐにティミショアラを含むティミス郡全域に非常事態宣言を出したが、すでに現地では数万人規模の未曾有のデモが行われ、チャウシェスクへの抗議デモは全国に拡大していた。独裁政権は事態の沈静化のため、二一日に首都ブカレスト中心部にある勝利広場で当局によるチャウシェスク支持の集会を開くが、正午ぴったりに大統領が演説を始めると、彼の支持者であるはずの動員された群衆から「チャウシェスク打倒！」、「ティミショアラ！」といった声があがり始めた。国営放送によるテレビ、ラジオの演説中継は数分間途絶し、そこから音楽番組へと切り替わった。ハンガリー出身のジャーナリストであるヴィクター・セベスチェンのほか、歴史学者たちもまた「ルーマニア革命では、テレビが重要な役割を果たしている」（セベスチェン 五六四）ことを指摘しているが、大統領の威容を国家に示すためのメディアが、図らずも彼が群衆の前に制御能力を失う瞬間を全国に伝えてしまったのである。翌二二日、大統領は全土に戒厳令を布告して軍に治安の回復を命令するものの、軍は命令を拒否して民衆の側につき、大統領官邸のある共和国広場へと向かうこととなった。党本部屋上からヘリコプターで逃亡した大統領夫妻はのちに逮捕され、二五日に兵営内でわずか一時間足らずの軍事裁判にかけられ、その日のうちに銃殺刑を即時執行された。

チャウシェスクがこのような法的根拠も明らかでない裁判を経てその日のうちに処刑されたという異様な最期を迎えたこともあり、三浦元博と山崎博康は「ルーマニア政変は果たして「革命」だったのか、それとも共産党内の反チャウシェスク派による「クーデター」に過ぎなかったのか」（三浦・山崎 二〇八-〇九）という疑問を提起しているが、イオン・イリエスク（一九三〇- ）率いる新政権が政権交代に至るプロセスをつまびらかにしなかったこともあり、この問題に対する明確な答えは二一世紀の今でも出ていない。ましてや、チャーチルとウィング＝デイヴィーがこの歴史的事件の三か月後にルーマニアを訪れた時に直面したのは、風習や文化も大きく異なる国で今まさに起こっていることを鳥の目で把握することの圧倒的な不可能性であった。メアリ・ラックハーストは、ウィング＝デイヴィーとの対話のなかで彼が伝えたこととして、ブカレストでの共同ワークショップにおいては、スタッフか学生かを問わず、「イギリス側の者はみな、方向性の喪失と理解不能の感覚に圧倒された」（Luckhurst 113）のだと述べているが、『狂える森』という作品はまさにこの理解不能の感覚を舞台に載せようとした試みだと言えるかもしれない。

『狂える森』という戯曲のタイトルは、ルーマニア南部の古名から採られており、作品のタイトル・ページにはエピグラフとして、アンドレイ・オティティアの『簡約版ルーマニア史』（一九八五）からの引用が引いてある。それに拠れば、現在のブカレストのあたりは昔、入り組んだ沼沢地によって細切れに分断された広大な森であり、「徒歩でしか踏み入ることはできなかった上、道を知らぬ余所者にとっては通り抜けることなど不可能な（impenetrable）場所であった」（*P3* 103）ために、その一帯は「テレオルマン（狂える森）」と呼ばれていたという。この地域の歴史的な通過不能性（impenetrability）が、本作品においてはルーマニア革命を部外者が理解することの認識的不可能性と重ねられていることは明らかであり、ルーマニア革命という事件にわかりやすい説明を与えることを拒否し、その分からなさと向き合うことを、『狂える森』のプロジェクト参加者たちは自らにも観客にも課していることが、作品名からもうかがえるのである。

直線的な物語展開を拒む三部構成

分からないことと向き合う、という『狂える森』の姿勢は、その作品構造にも表れている。この戯曲は全体としては、労働者階級のヴラデュー家と裕福な知識階級のアントネスキュー家という異なる社会階層に属する二家族の、ルーマニア革命以前と以後の暮らしを短いスケッチ・シーンをつないで描く作品だが、以前と以後の生活スケッチの間に「一二月」と題されたルーマニア革命当夜に何が起こったのかを市民たちが証言する独立した場面が挿入されており、劇構成としては三部立てとなっている。

「ルチアの結婚式」というタイトルの第一部で観客の前に提示される革命前のルーマニア社会は、ジョージ・オーウェルの『一九八四年』（一九四九）を思わせる監視社会であり、そこにアメリカ的消費社会への憧れやハンガリー系住民への差別感情などが複雑に絡み合っている。ルチアとはヴラデュー家の長女で、ハンガリー人のイアノスと恋仲で彼の子を妊娠しているにもかかわらず、アメリカでの生活に憧れてアメリカ人男性のウェインと結婚を決める。第一部第一場には「ルチアは卵を四つ持っている」というシーン・タイトルが付されているが、ルチアが家族に差し出す卵やアメリカ製のタバコは、チャウシェスク政権末期のルーマニアが直面していた厳しい食糧難のなかでルチアが結婚という手段を用いてアメリカから手に入れようとしている富の提喩の役割を果たしている。だが、ヴラデュー家の全員がルチアのように西側世界に憧れているわけではなく、たとえば電気工の父ボグダンは娘の行動を良しとせず、差し出された卵を床に叩きつける。その一方、ボグダンはチャウシェスク派というわけでもなく、第六場でルチアとアメリカ人の交際のために秘密警察に尋問されると、強情な沈黙を貫き通す。

家族のなかでもさまざまな考え方がぶつかっているのはアントネスキュー家も同様で、建築家の父ミハイは事なかれ主義で政治に関わることを避けているが、歴史の教員をしている母フラヴィアは、教員に課されたチャウシェスク賛美の義務に疑問を持っている。息子のラデューはさらに明確に政権に対して批判的であり、食糧を求める人々の長い列が動かないことに苛立って「チャウシェスクの畜生め」（P3 111）と大きな声で口にしたりするのだが、周囲の人々が狼狽してきょろきょろしだすと、彼自身も「あたかも誰が口を開いたのかと訝しがるかのように辺りを見回す」（P3 111）ような自己防衛行動を取ってしまう。誰も彼もが、密告を警戒しながら自分の立場を明確にせず（あるいは自分の立場を明確に意識しようとせず）あわいの領域を綱渡りしているのである。

興味深いことに、『狂える森』という作品において、全体主義的な独裁政権下に生きる人々の便宜主義的なふるまいは、現世だけにとどまらない。第九場ではルーマニア正教会の司祭がルチアとアメリカ人との国際結婚を執り行なっていいものかどうか悩んでおり、そこに天使が「恥じることはない」（P3 115）と声をかける。だが本作においては天使すら絶対の価値観を提示してくれるわけではなく、司祭がふと感じた疑問に次のように答えて司祭と観客を驚かせる。

司祭　あなた、政治的だったことはないですよね？
天使　ほとんどない。だが鉄衛団〔筆者注：一九三六年に結成され第二次世界大戦後に解体された、ルーマニアのファシスト党〕はかなり魅力的で、自分たちのことを大天使ミカエル団と呼び、私の肖像を身につけていたな。彼らの行進は見事だった。だから私は彼らにはちょっと手を染めた。
司祭　でもあの人たちファシストだったんですよ。
天使　彼らは神秘主義者だったんだよ。（P3 116）

もちろん、司祭に語りかけるこの天使を、第二次世界大戦中の鉄衛団と教会との政治的なつながりに対する風刺的アレゴリーであり、単なる比喩表現に過ぎないと解釈することも十分に可能であろう。だが、「おばあちゃんを訪問中」という第一二場では亡くなったフラヴィアの祖母と彼女がまったく普通に会話をしており、『狂える森』のブカレストが死者と生者が交錯する空間として描かれていることを考慮すると、第九場の天使も額面通りに天使であると解釈しても間違ってはいないように思われる。さらには、司祭と会話する天使もフラヴィアに彼女の人生の終わりが近いと語りかける祖母も、ともに彼らの内面で進行している自己との対話が演劇的に外在化されたものと考えてもいいかもしれない。いずれの解釈もが成り立ってしまうために、結果としてこの芝居を見た観客が感じるのは、革命前のルーマニアを生きる人々の生活を理解できたという感覚の圧倒的な欠落感なのである。

この〈分からなさ〉は、各スケッチの冒頭に付されたタイトルからもうかがうことができるだろう。ト書きによれば、すべてのシーン・タイトルは「役者の一人が、イギリス人観光客が旅行者向け外国語慣用句集から拾ったフレーズのような調子で――最初にルーマニア語、次に英語、それから再びルーマニア語で――アナウンスする」(*P3* 107)ことになっている。『狂える森』のテクストは、言語的にも演技的にも芝居が提示する世界を見通すことができない〈余所者の視点〉が作品の根幹にあることを主張しているのだ。場面が切り替わるたびに小タイトルを舞台上に提示して意図的に物語の流れを切断する手法はチャーチルの独創というわけではなく、ベルトルト・ブレヒトが提唱した叙事演劇のスタイルを取り入れたものである。その点で、これはブレヒト流の異化効果を狙った工夫とも言えるが、ソト゠モレッティーニが指摘するように、『狂える森』にはブレヒトとは大きく異なる点があるように思われる。

叙事演劇とは簡単に言えば、近代リアリズム演劇がしばしば観客を感情的に作品に没入させて思考停止状態に導いてしまうことへの反発から、意図的なプロットの断片化や文字情報の挿入などを用いてそうした没入を抑止し、作品が提起する問題への観客の積極的な議論を喚起しようとするドラマツルギーである。こうしたブレヒトの演劇哲学の背景にあるのは弁証法的唯物論であり、彼が二〇世紀の政治演劇のスローガンとして「ゆえに前進せよ！〔……〕我々は不信が山をも動かすのを見てきたのではないか?」（Brecht 189）と、「マルコによる福音書」第一一章第二三節の有名な説話（信仰は山をも動かすということ）をもじって呼びかけたように、彼の言う異化効果には労働者階級を主たるターゲットとした観客に覚醒を促す狙いがある。こうした「ブレヒトといえばこれという特徴がヘーゲル的マルクス主義だが、これを簡潔に捉えたのが『前進せよ』というフレーズ」（Soto-Morettini 114）なのである。その一方、ブレヒト演劇が前提とする歴史の直線的な進展を『狂える森』は信じていない。この芝居はむしろ、ブレヒト演劇からの「決別のしるし」であり、ヘーゲル的な「進歩のメタ・ナラティヴも合理的理性という観念も肯定しないことで、この戯曲はポスト啓蒙主義の圏域に存在している」（Soto-Morettini 114）と言えるのである。『狂える森』は、革命の場を切り取る政治劇でありながらブレヒト的な革命観を共有せず、認識論的な袋小路で立ちすくむ特殊な革命劇なのだ。

この戯曲の根幹にある歴史／物語の弁証法的発展性に対する深い懐疑の念をよく表しているのが、ルーマニア革命当夜のブカレストで何が起こったかを一一名の目撃者の証言でつなぐ第二部である。目撃者たちは、画家（男性）、男子学生二名、女子学生一名、医者（より正確には研修医、男性）、ブルドーザー運転手（男性）、秘密警察（男性）、兵士（男性）、花売り（女性）、室内装飾業者（女性）、通訳（男性）といったように、その立場や社会階層もさまざまであるが、その全員が「ルーマニア訛りの英語で観客に語りかけるルーマニア人」であり、「全員が自分以外の人間は存在しないかのようにふるまい、全員にとって自分が何が起こったのかを語っている唯一の人物」（*P3* 123）だという設定になっている。彼らは二一日から二二日にかけて何が起こったのかを、自らの視点から（おそらくは証言者の教育程度により文法的正確さが異なる英語でもって）代わる代わる語るのだが、それらはすべて断片的な情報にとどまり、観客も彼ら自身も、それらを集積した全体像であるとか物事の核心といった情報を得られることはないのである。

室内装飾業者　七時頃シャワー浴びる。通り騒がしい。外見ると、産業台地から何千って労働者歩いて来る。私は濡れてるし、服もないし。見てるしかない。労働者どんどん増えて、二キロとか三キロとか長い列になる。チャウシェスクもう終わりだって、それで知る。
医者　八時頃に窓から外を見やると、人々が旗を掲げて大学広場へ向かっているのが見えた。〔……〕同僚たちが「奴もきっと終わりだ」と言い出すと、六四歳の老医師が危ないところによじ登ってチャウシェスクの肖像画を降ろし、我々はみな喝采した。〔……〕
学生その二　将軍が自殺したという噂が流れ、それから非常事態宣言が発出された。もう何もかも終わりだと思った。

女子学生　私は自分も外に出ると言い張った。父は花婿さんみたいにすごく長い時間をかけて着替えをした。

花売り　食べ物を手に入れるため市場に行くと、たくさんの人々が市街地に向かってる。私はみんなが行くのを見るだけ。こんなに早く結婚しちゃったの、つまらない。

通訳　いつものように出勤したが、オフィスにはぼくのほか一人しかいなかった。（*P3* 129）

『狂える森』の第二部で、一二月二一日の夜から翌朝にかけて何が起こったのかを語る人々の多くは、「人民広場で何かが起こった」らしいことを感じながら、自分自身や家族の身の安全、また仕事のことを考えて遠巻きに事態を静観している。この芝居においては、「人民広場で何が起こったのか」という観客がもっとも得たいであろう情報は、表象上の空隙《ラクーナ》としてしか存在し得ないものなのである。『狂える森』は、ブレヒト的な進歩史観とは異なる視点から革命を描き出す作品であり、その劇構造は直線的な進歩・発展ではなく、円環的なかたちをとっている。それをよく表しているのが結部に当たる第三部であるが、これについては次節で論じる。

歴史の終わりの後に？――吸血鬼と犬の寓話

『狂える森』の第三部は、革命後の社会のなかでヴラデュー家とアントネスキュー家の人々が心身ともに混乱して疲弊する様子を八つの場面をつないで描き出すが、その最終場はヴラデュー家の次女フロリナと、アントネスキュー家の息子ラデューの結婚で終わっており、第三部全体のタイトルも「フロリナの結婚」となっている。つまり、ルチアの結婚で始まったこの芝居はフロリナの結婚で幕を閉じるようになっているのだが、こうしたプロット・レベルの円環構造を寓意的に裏打ちするのが、第三部第一場に挿入された「犬はおなかをすかせてる」というファンタジー的なエピソードである。

この場面では、ルーマニア（特に、革命の発端となったティミショアラを含むトランシルヴァニア地方）の民衆文化や俗信と深く結びついた吸血鬼が舞台上に登場し、警戒して唸る犬に向かって「当然おまえには分かるんだね。私は人間じゃない。でもだから何だというんだ？　人間じゃないってことは、おまえと話せるということだよ」（*P3* 137）と告げる。すると犬は突然しゃべり出し、吸血鬼は犬を食うのかと尋ねる。[3] 吸血鬼は、自分が吸うのは犬ではなく人の血であり、「ここに来たのは革命のためさ、ずっと遠くからでも革命が匂ったので」（*P3* 137）と答える。吸血鬼の話を聞いていた犬は「俺を飼っておくれよ」（*P3* 138）と願い始めるが、吸血鬼は自分の仲間になるのは生やさしいことではないと釘を刺す。

吸血鬼　永遠に生きるんだ、／想像もつかないだろう。どうなるかっていうと

犬　俺は——

吸血鬼　おまえは血が欲しくなる、そんなのやめたいと思う、殺すことにもうんざりだ、でもじっとしていることもできない、何かに落ち着くということができない、手足が震える、頭が割れるよ

うに痛くなる、忙しなく動き続けてなきゃいけない、そうすると痛みが和らぐから、何かを求めて。そして見つけて。ああ。

犬　俺はそれがいいよ。（*P3* 139）

本書の第四章で論じた『トップ・ガールズ』で用いられていた、台詞の途中で割って入ることを示すスラッシュ記号がここでも用いられているが、吸血鬼は犬が言いかけたことを無視し、吸血鬼として生きることが何を意味するのかを一気に語り通す。第二部での空虚な核心の周囲をめぐるような証言の数々の直後に配置された、この切迫感ある語りこそが、『狂える森』における歴史観を反映していると考えられないだろうか。ルーマニア革命は、決定的に何かを変える始まりでもなければ終わりでもなく、進歩でもなければ後退でもない。ただ永遠に続く血と暴力への癒し難い渇きの循環のほんの一例に過ぎないのである。犬がそれでも希望を曲げないことを知り、吸血鬼が犬の首を噛むところで幻想的な第三部第一場は終わるが、次の場から始まる現実のブカレストでの人々の暮らしは、第一場が醸し出す雰囲気と共鳴しており、なんらかの進歩や改善を見せるわけではない。

　第二部で登場した証言者たちとは異なり、ヴラデュー家の長男ガブリエルとアントネスキュー家のラデューは革命の晩に実際に抗議運動に参加したらしく、第三部でのガブリエルは重傷を負って妹フロリナが看護師として勤める病院に入院している。ガブリエルの母イリーナとラデューの母フラヴィアは互いの息子を「英雄」と呼び、「若い人たちが道を示してくれたのね」（*P3* 141）と、ガブリエルの傷に意味を見出そうとする。しかし、両親とともに見舞いに来たラデューはそのような意味づけを共有しようとはせず、これが真の革命ではなく、民衆のデモに乗じた政権内部のクーデターだった可能性を疑っていることを示唆する意味深な台詞を口にする。

さらに第三部では、ウェインと結婚して渡米したルチアがアメリカの物質的豊かさを体現する大量のチョコレートをお土産に一時帰国しており、ルーマニア社会もアメリカのような新自由主義的資本主義社会へ移行していくだろうという素朴な期待を臆面もなく表明する。彼女のナイーヴな革命観に対するラデューの鬱憤は、彼とルチアとの対立的なやりとりへと発展していく。

ルチア　お祝いだもの、チョコレートがあれば楽しいじゃない。楽しめないの？
ラデュー　楽しめないね。何を祝うんだ？
フロリナ　ラデュー、今はやめて。
ラデュー　二二日に銃撃したのは誰だ？　おかしな質問じゃないだろう？
フロリナ　ルチアは着いたばかりだし、ガブリエルは具合が悪いの。
ラデュー　真実の夜は二一日だけだった。その後は何が起こってるんだ？　全部見せかけだ。
ルチア　見せかけじゃない、真実よ、ラデュー。わたしテレビで見たもん。（*P3* 146）

すでに述べたように、ルーマニア革命においてはテレビが大きな役割を果たしたのだが、その重要性は一二月二一日の晩に「チャウシェスク打倒」のシュプレヒコールを図らずも全国放送してしまったことにとどまらない。翌日に市街戦が始まってしまった混乱のなか、イオン・イリエスクが誰よりも早くルーマニア国営放送を通じて国民に呼びかけたことが、その後の彼の救国戦線評議会議長就任（暫定的な国家元首を意味する）および翌年の大統領就任に直結したように、マスメディアが報じる情報の管理は革命の成否およびその後の権力掌握と大きく関わっていた。マスメディアをうまく利用したイリエスク政権が二二日にブカレストで発生した銃撃戦の真相究明を敢えて行おうとしなかったことや、新政権の中枢に旧共産党政権下の中心的人物が多く残っていたことなどから、ルーマニア革命は「盗まれた革命」ではないのかという声は比較的早い段階からあがっていたのだが、ラデューはそうした懐疑派の立場にいる人間として描かれているのだ。

これに対し、渡米して現場にいなかったルチアはかえって自信ありげに、テレビに映っていたから革命は本当だと主張する。ルチアと結びついたこうした素朴な楽観主義は作品内ではあまり好意的に描かれておらず、彼女は心身ともに傷ついた病床のガブリエルを眼前にしながら「ずいぶん元気そうじゃない。アメリカじゃみんな大興奮よ。わたし、『弟は現場にいた、傷を負ったの、英雄よ！』って友達に教えてあげた」（*P3 144*）など、弟の現状を直視せず、かえってアメリカでの新しい知己に対する自己顕示欲の道具とするような発言を繰り返す。このようなルチアの言動を、第二部に登場する二一日から二二日にかけて実際にブカレストにいた証言者たちの全員が革命の核心についての認識論的な困難を抱えていたことと照らし合わせて考えると、彼女の無邪気な無責任さがいっそう浮き彫りになるだろう。

シアン・アディセシアーは、いずれも二〇〇九年に発表した『チャーチルの社会主義』という単著および『現代演劇』第五二号掲載の「革命と歴史の終わり――キャリル・チャーチルの『狂える森』」という論文の両方で、ルーマニア革命が起こった一九八九年は政治学者フランシス・フクヤマの代表論文となった「歴史の終わり」が発表された年でもあることに注意を促し、その歴史的背景を考慮しながら『狂える森』を論じている。フクヤマによる、イデオロギー闘争としての歴史は二〇世紀後半に自由民主主義と自由市場経済がグローバルな価値観として勝利を収めるにあたり、今や終わりを告げようとしているという歴史観は、ソ連の解体や一連の東欧革命、ベルリンの壁の崩壊といった数々の事象を適切に説明するものとして、一九九〇年代には大きな影響力をふるった。アディセシアーは、このような文脈においては、一九八〇年代後半から一九九〇年代にかけてのチャーチルの作風の変化――とりわけ、自由市場経済が歯止めなく人々の生き方を侵食していくさまを風刺喜劇として描いた『シリアス・マネー』とチャウシェスク政権の崩壊を扱う『狂える森』――は一見、社会主義者のチャーチルが資本主義の勝利を認めざるを得なくなる経緯を反映しているかのように思われたかもしれないと指摘する。だが彼女の議論の要諦はそこではない。むしろ注目すべきは、「確かに『狂える森』は自由市場資本主義に代わるわかりやすい代案を示してはくれない」ものの、「戯曲の語りが、チャウシェスク政権の害悪を癒す万能役として西洋的な政治経済の諸特徴を扱っているわけでもない」(Adiseshiah, *Churchill's Socialism* 174) ところであり、この作品はフクヤマ的楽観論への密かなアンチテーゼであったと彼女は主張している。

アディセシアーによる、「『狂える森』が我々に教えてくれるのは、歴史は終わっていないということだ」（Adiseshiah, "Revolution" 296）という読みは、二一世紀に入って「歴史の終わり」という概念が大きく揺らいだ現在では、説得力のある解釈だと言えよう。二〇二〇-二一年にかけて継続的に行なったフクヤマへのインタヴューをまとめた『「歴史の終わり」の後で』（二〇二二）を上梓したマチルデ・ファスティングも、同書で、トランプのアメリカ、習近平の中国やプーチンのロシアによる民族主義的・全体主義的な国家観がますます影響力を増す当時の国際関係を踏まえ、「我々が現在目撃しているのは、サミュエル・ハンティントンの言葉を借りれば「一時的な揺り戻し」なのか、それとも二〇〇〇年以前の楽観論を裏切る根本的な逆転なのか」（Fasting 6）という率直な疑問を投げかけている。これに対し、フクヤマ自身は「現段階で答えを出せるとは思えない。私自身の希望と憶測を言えばこれらは恒久的なものではなく、民主主義の土台が永久に掘り崩されたことを意味しているわけではないだろうが、この現象が絶えるまでどれだけかかるかについて何かを語るのは非常に困難だ」（Fasting 6）と答えている。しかし、二〇二二年に開始されたロシアのウクライナ侵攻などを考慮すると、フクヤマの願いが実現する見通しはその後さらに暗くなってしまったと言えるだろう。

だが、『狂える森』の解釈について真に重要なのは、フクヤマ的楽観論を体現しているかのようなルチアの言動を、観客である我々自身が批判的に見る資格があるのだろうかという視点だろう。本章の前半ですでに確認したように、ルーマニア滞在中のワークショップでイギリス側のメンバーが直面したのは、圧倒的な「方向性の喪失と理解不能の感覚」（Luckhurst 113）であった。テレビでしか事態を知り得なかったのに、知ったようなつもりになっていたのは自分自身であるという感覚は、作者チャーチルにも演出のウイング＝デイヴィーにも、また学生たちにも共有されていたはずであり、この戯曲の上演を通じて、観客もまた同様の理解不能性と「分かったつもり」になってしまう欺瞞とに誠実に向き合うことを、『狂える森』という作品は求めているのではないだろうか。

第三部の最終場ではヴラデュー家の次女フロリナとアントネスキュー家のラデューの結婚式が執り行われるものの、披露宴は階級や人種を超えた和解の象徴として描かれるどころか、革命を経てもそのような差別の問題が解決とはほど遠い状態にあることを示す場になっている。芝居の終わり近くで、ヴラデュー家の父ボグダンがルチアの元恋人だったハンガリー人イアノスを殴り、人々が入り乱れての乱闘が始まってしまうが、やがて殴り合いはダンスに変わる。暴力がそのまま祝祭へと流れていくと、第一部に登場した天使と第三部の冒頭に登場した吸血鬼が踊りの輪に加わる。この時、彼らは全員一斉にルーマニア語でしゃべっているため、劇場にいる英語圏の観客には、彼らが何を語っているのかは最後まで分からない。出版されたテクストにはルーマニア語の台詞の隣に丸括弧で英訳が併記されているので、『狂える森』の読者は、吸血鬼による戯曲を締める最後の台詞が、「血が欲しくなる、手足が震える、頭が割れるように痛くなる、忙しなく動き続けてなきゃいけない」（*P3* 181）だということが理解できる。だが、テクストを読むことによって遅れてのみ獲得し得るこのような情報は、『狂える森』の最終場の理解に絶対必要な条件ではないだろう。むしろ、ルーマニア語を理解し得ない劇場の観客の方が、革命を経て止むことのない暴力の連鎖の前でその〈理解し難さ〉と誠実に向き合うという作品の主題をよく実感できるのではないだろうか。

ルーマニア革命を題材にした『狂える森』は、部分的にブレヒト的な政治劇の手法を取り入れつつ、その進歩史観に基づいた革命主義を共有してはいない。また、フクヤマ的な自由主義の勝利というスローガンとは距離を置きながら、それに対する反論までは提示していない。世界の多くの人々にとって、テレビの向こう側の革命であったルーマニア革命に対し、どのような立場を取るべきか分からず、ただ立ちすくまざるを得ない不安の感覚をそのまま舞台に載せ、それと向き合うように促す――それこそが、チャーチルがこの作品で試みたことであり、それゆえにこそ、ルーマニア革命が過去の歴史となった二〇二〇年代にも、『狂える森』のアクチュアリティは失われるどころか高まり続けていると言えるのではないだろうか。

註

1 チャーチル自身は、『ソフトコップス』は「元々は労働党政権時代の一九七八年に執筆したものであり、サッチャーが福祉国家といううわべすら剝ぎ取ってしまった初演時の一九八四年に比べ、当時は柔らかな管理という問題がより適切に思えた」(*P2* 3)と述べており、構想としては『ソフトコップス』が『トップ・ガールズ』に先行していたようである。また、チャーチルは、初演時が一九八四年だったこともあって観客反応としては「ベンサムのパノプティコンとオーウェルのビッグ・ブラザーの結びつきに殊に敏感だった」(*P2* 3)とも述べている。

2 本章でのルーマニア革命に関する記述は主として、Martyn C. Rady, *Romania in Turmoil: A Contemporary History*, ヴィクター・セベスチェン『東欧革命1989――ソ連帝国の崩壊』、三浦元博・山崎博康『東欧革命――権力の内側で何が起きたか』、松尾秀哉『ヨーロッパ現代史』に拠っている。

3　第三部に登場する犬は人間が演じる役として設定されており、初演時にはミハイやウェインを演じたゴードン・アンダーソンが犬役も務めた。

第六章　『スクライカー』と『はるか遠く』に見るエコロジー表象の困難

多様化・先鋭化するチャーチルの政治性

東西冷戦が終わりを告げ、自由主義と資本主義がグローバルな価値観になるという議論が広く流通していた時代に、ルーマニア革命を単純な自由主義礼賛の枠組みで見ることに抗った戯曲『狂える森』の上演以降、一九九〇年代のチャーチル作品に込められた政治的メッセージは多様化するとともにさらに先鋭化していったと、多くの批評家たちは考えている。たとえば、チャーチル研究の第一人者エレイン・アストンは、『これは椅子です』(*This is a Chair*, 1997) 第三場のタイトルである「労働党の右派転向」という語句を切り口に、世紀転換期のチャーチルはとどまることのないグローバル資本主義の広がりに直面して自らの演劇があげるべき〈声〉を再考する必要に迫られ、「実験的かつ省略法的」(Aston, "But Not" 145) な手法でブレヒトの提唱した叙事演劇を一新したのだと主張する。また、シーラ・ラビヤールは、チャーチルが『酸素が、た、た、た、た、たりない』のような初期のラジオ・ドラマ時代から大気汚染の問題へ関心を寄せてきたことを指摘した上で、『はるか遠く』（*Far Away*, 2000）のような世紀転換期の作品では環境正義が「もはやその土地の問題ではなくグローバルな問題」として扱われるとともに、「ポスト・ヒューマンな環境理解の可能性」を示唆するものになっていると論じている（Rabillard 102）。

ラビヤールが指摘するように、チャーチルには最初期のラジオ・ドラマ時代から間欠的に環境破壊への言及がある。だが、エコロジーが顕著に中核的な主題となるのは、彼女の変化の時期である九〇年代から世紀転換期の作品群においてであると言えるだろう。本章では、近年エコロジカルな視点から読まれることが多くなったチャーチル作品のなかでも、『スクライカー』（*The Skriker*, 1994）と『はるか遠く』を取り上げ、それがエコクリティシズムへの関心が高まった一九九〇年代以降の文学批評との対話を先取りして形成している可能性について考えたい。

そのためにまず次節では、九〇年代初頭から世紀転換期のエコロジーをめぐる批評的動向を概観し、それを踏まえて『スクライカー』と『はるか遠く』を分析する。環境は、前者においてはスクライカーを中心とした妖精たちのかたちを、後者においては万物が万物と闘争を繰り広げるポストヒューマンな世界戦争のかたちを取り、いずれの場合も登場人物たちにとって危険なものとして描かれている。だが、両者を精読すれば、そこには二一世紀になってからティモシー・モートンが提唱した「ダーク・エコロジー」の概念と共通するエコロジー表象がすでに見られるとともに、エコロジーのダークな側面を文学が描くことの難しさそのものが、重要な問いとして読者／観客に突きつけられているのではないだろうか。

ロマン派のエコロジーと自然なきエコロジー

言うまでもないことだが、一九九〇年代の英文学批評において「エコロジー」という概念が重要視されるようになったのは、ジョナサン・ベイトによる『ロマン派のエコロジー』（一九九一）の功績に因るところが大きいだろう。ベイトは、一九八〇年代に盛んだったマルクス主義的なロマン派批評が、ウィリアム・ワーズワス（一七七〇―一八五〇）やサミュエル・テイラー・コールリッジ（一七七二―一八三四）の詩に見られる自然描写を革命思想に敗れた失意の詩人たちによる逃避の表れ、政治的な理想の空洞化を埋めるブルジョワ的な慰藉と解釈したことに対する反論として、ロマン派にとっての環境を再定義した。ベイトによれば、ロマン派のイデオロギーとは「ジェローム・マガンの主張する、コールリッジの『政治家の手引き』のような自意識的に理想主義的でエリート主義的なテクストに体現される想像力と象徴の理論ではなく、ジョン・ラスキン（一八一九―一九〇〇）の『フォルス・クラヴィジェーラ』（一八七一）のような自意識的に実用的でポピュリストなテクストに体現されるエコシステムと疎外されていない労働の理論」（Bate 10）なのである。

ロマン派のイデオロギーとは逃避的なものではなく、むしろ実社会にコミットするものだと主張するベイトにとって、では「エコシステムと疎外されていない労働の理論」とは、具体的に何を意味していたのだろうか。『ロマン派のエコロジー』はまず、「エコロジー」という語が動物学者エルンスト・ヘッケル（一八三四―一九一九）の造語であり、ヘッケル自身は生物が他の生物や環境と持っている相互関係を探究する学問分野という意味でこの語を用いていたことを確認し、「エコロジーとは全体論的な学問なのである」(Bate 36) と概括する。これを前提とすれば、ワーズワスの『湖水地方案内』(一八一〇、改訂版一八三五) が訴えた機械化による小規模な地場産業の衰退や労働の断片化への批判は、エコロジーの全体性を取り戻そうとする試みであり、後にラスキンが書簡体の労働者向けパンフレット『フォルス・クラヴィジェラ』で提唱した、その土地の自然環境と密接に結びついた家内制労働の復古運動もその根本を同じくするものである。ロマン派詩人たちの〈自然への回帰〉というトポスは、マガンのようなマルクス主義批評家の目から見ればフランス革命の理想が恐怖政治に堕するさまを目の当たりにした彼らの逃避活動ということになるが、ベイトはそのような解釈を一蹴して自然を謳うことの社会経済的意義を論じ、「自然の経済と村落の経済は相互依存の状態」にあるため、「土地を守ることと小規模な地場産業を復活させることは、切っても切れぬ双子の目標だった」(Bate 52) のだと指摘する。

文学研究における自然表象の政治性を浮き彫りにしたベイトの研究は、今なお決して否定され得るものではない。だが『ロマン派のエコロジー』の主張は、前近代的な生活様式の過度な理想化につながりかねない点や、自然と人間との一体化を言祝ぐ態度が結局のところ人間中心主義的な視点を脱し得ていない点などが後のエコクリティシズムからの批判の対象ともなった。もちろん、自然を人間中心の功利主義的な視点から捉えることの問題性は、一九七二年に開催された国連人間環境会議ですでにノルウェイの思想家アルネ・ネス (一九一二―二〇〇九) によって指摘されている。彼は、資本主義経済の枠組みを所与のものとし、人間に資する範囲で行われる環境保全運動を「浅薄《シャロウ》なエコロジー」と呼び、それと比して、人間の自己が人間以外の多様な生物体と分かち難く関わっており独立して存在し得ないことを前提とした、人間以外の種の多様性や権利を重視するエコロジー思想「ディープ・エコロジー」を提唱した（Clark 23-24; Gerrard 20-23）。ただし、ディープ・エコロジーの背景にあるのもやはり、人間を包み込むような大きな倫理的規範としての自然へ自己を同一化していこうとする志向であり、それ自体ロマン派から派生した考え方であるとみなされることも多い。

『ロマン派のエコロジー』に対してより根本的な問題を突きつけたのは、ティモシー・モートンが二〇〇七年に上梓した『自然なきエコロジー』であろう。人間存在の非人間存在に対する優越性を否定する「オブジェクト指向存在論（OOO, object-oriented ontology）」を提唱する哲学者モートンは、マルティン・ハイデガー（一八八九―一九七六）によるギリシア語「フィシス（physis）」とラテン語「ナチューラ（natura）」をめぐる論考を前提に、「自然＝ネイチャー」を所与のものとする考え方に警鐘を鳴らす。ハイデガーによれば、古典ギリシア語における「フィシス」は本来「自ら生起する存在の領域」と解され、モノとして様式化された自然界を指す「ナチューラ」とは本質に異なる豊かな意味を内包していた。だが、ギリシア語のフィシスがラテン語のナチューラへと翻訳されたことにより、あるがままの豊かな万物の本性を意味していた「フィシス」がオブジェクトとしての「ナチューラ」へ縮小され、その系譜上にある西洋近代の「ネイチャー」は人間存在を危険なほどに特権化してしまったのだ（Clark 56-59）。いくら自然を倫理的規範として称えたとしても、そのようにモノとして捉えている限り、それは環境に対する暴力であるとモートンは言う。なぜならば、「〈自然〉」と呼ばれる何かを台座の上に据えてそれを遠くから崇め奉ることは、家父長制が〈女性〉の像に対して行なっていることを環境に対して行なう」ことに過ぎないからであり、端的に言えばそれは「サディスティックな崇敬という逆説的な行為」であると同時に、自然を理想化された「呪物（fetish object）」として消費することを意味するのである（Morton, *Ecology* 5）。

ディープ・エコロジー思想や『ロマン派のエコロジー』は、美学的に操作されたイデオロギーとして〈自然〉を扱うことで自然の呪物化に加担してしまっているが、本来的な存在としてエコロジーが立ち現れる時、それはもっと汚らしく忌まわしく無目的であるはずだろう。モートンはそれを「ダーク・エコロジー」と呼び、ダーク・エコロジーは「他者を偽装された自己と認めることで自他を和解させるヘーゲルの弁証法に従うロマン派とは袂を分かつ」と宣言する（Morton, *Ecology* 196）。[1]他者を自己へと止揚することではなく他者を他者のまま認めることこそが真に倫理的なエコロジー思想であり、その核となるのは〈赦し〉の概念だとするモートンによれば、「自身の本性のままでいるために、〈赦し〉はカエルがキスした途端に王子様になってくれることなど期待しない」（Morton, *Ecology* 196）のだ。

彼の「ダーク・エコロジー」という概念は、『自然なきエコロジー』では結論部近くで簡潔に提起されたにとどまるが、その続編とも言える『エコロジカルな思想』（二〇一〇）では補助線として「網状組織《メッシュ》」という概念が導入され、より詳しい説明が与えられている。まず、エコシステムを形成するあらゆるものは網状組織的に相互関係にある。命を育む大地が貝殻の死骸から形成されているように、「網状組織《メッシュ》とは、無限の関係性と無限の差異から成っており」（Morton, *Ecological* 30）、そこに中心／周縁、生／死、人間／動物といった二項対立的な区別はあり得ない。そもそも「動物」といった名称自体が、人間がいかに他者と他者性に対して不寛容かを示唆しているとモートンは述べ、その代わりに「奇異なる他者（strange stranger）」（Morton, *Ecological* 41）という語句を提唱する。「奇異なる他者」という表現は、我々を取り巻くものを理解し、所有することの不可能性と、それゆえにこそ分からぬものを分からぬまま受け入れる重要性を教えてくれるからである。

ジャック・デリダ（一九三〇-二〇〇四）的な意味での〈歓待〉を念頭においたモートンの、エコロジーとは本来ダークな「奇異なる他者」であり、我々がそれに対して取るべき態度は理解と一体化ではなく〈赦し〉であるという主張は、資本主義的な枠組みのなかで人間に都合のいい環境保全を目指す修正主義的環境保護運動への痛烈な批判となっている。だが、初期のエコクリティシズムを超克しようとするこうした議論は全般に、グローバルな環境破壊が加速度的に進行した二一世紀になってから現れてきたものだ。しかし、一九九四年一月二〇日にロンドンのナショナル・シアターで初演されたチャーチルの『スクライカー』は、このような理論的言説化を待たずして同様の懸念を演劇的に表現し得ている可能性を、次節で論じていきたい。

スクライカーの二重性とエコクリティシズムの二重拘束

要約すると『スクライカー』は、ジョージーとリリーという二人の一〇代後半の少女——前者は嬰児殺しで精神科に強制入院させられており、後者はお腹に赤ん坊を宿した状態でロンドンに出ようと考えている――のもとにタイトル・ロールの妖精が現れ、彼女たちを黄泉の国に連れて行こうとする一幕劇である。現実世界と異世界が重なり合う本作の劇構造は、R・ダレン・ゴーバートの表現を借りれば「パリンプセスト」(元の字句を削った上に別の字句を記した羊皮紙)であり、「それぞれの世界が異なる言語を有している」(Gobert 20)。具体的には、ジョージーとリリーがリアリズムの言葉遣いで語る一方、舞台に横溢するスクライカー以外の数多の妖精や精霊たちには台詞が一切与えられておらず、身体言語で語るようになっている。その二つの世界を行き来するスクライカーは言葉を発するものの、音韻的な近似性が意味のつながりを絶え間なく侵食していくような独特の詩的言語を用いる。初演当初はこうした形式的な実験性と、スクライカーを演じたキャサリン・ハンターの身体性の高い演技に注目が集まっていた。たとえばラルフ・エリック・レムシャルトは、「もしも『スクライカー』が最終的にチャーチルの主要作品に含まれることがないとしても(それについてはまったく分からない)、彼女の演劇的な声が持ち続けている独創性は否定し得ない」(Remshardt 123)という言葉で初演時の劇評を締めくくっている。

だが、エコクリティシズムが成熟してくるにつれて『スクライカー』をめぐる評価は変わってゆき、「近年では、チャーチルのもっとも重要なエコロジーに関する声明として議論されることが多くなっている」(Rabillard 97)とラビヤールは指摘する。スクライカーは、劇中のト書きが示すところによれば「変幻自在の変身者であり、死の先触れ」であると同時に、「非常に古く、傷を負った(ancient and damaged)」(*P3* 243)存在であるが、これは作者が彼女を大地そのものの精霊として想像している可能性を示している。実際、物語の前半でアメリカ人旅行者の姿になってリリーに話しかけるスクライカーは、テレビが電波を受信する仕組みをしつこく尋ねてリリーを困らせたのち、次のように漏らす。

スクライカー　じゃあ、毒はどうやって作るの？

リリー　え？　何？

スクライカー　あんたら人間は私を殺し続けてる。それを分かってる？　私は病人、病んだ女だ。別に言いたくないなら秘密にしておけばいい、探り当てる方法はほかにもある。その類のことなど知る必要もない。知るべきことはほかにたくさんあるんだ。私が瀕死だと知ってさえいれば、私が苦しんでることも十分あんたに分かるはずだと思いたいよ。

リリー　ご病気なんですか？　何かお手伝いできることは？（*P3 256*）

このやりとりから観客には、人間の技術について知りたがるスクライカーの好奇心の根幹にあるのは「なぜ人間は地球に害をなすのか」という疑問であり、彼女はいわば傷ついたエコシステムの体現者であることが看取される。だが、ひとつの台詞のなかで「知る／分かる（to know）」という動詞を五回も繰り返していることが逆説的に示唆するように、彼女には人間が何故そんなことをするのかが分からないらしいし、リリーにもスクライカーが何を訴えているのかは分からないのである。

人間とスクライカーは互いが互いに対して理解不能な他者として描かれているが、言葉そのものが理解不能な訳ではない。すでに述べたように、人間に擬態していない時のスクライカーは音韻上のつながりに惑溺して論理的なシンタクスから逸脱するような語り方をするのだが、観客が注意して耳を傾ければ、そこに折り込まれた意味の糸をたどることは十分に可能である。この戯曲は、まず「豚のような男に馬乗りになった巨人」（*P3* 243）が石を投げて退場すると、スクライカーが実に一五〇行を越える長大な独白を呪文のようにつぶやくが、それが作品の前口上の機能を果たしており、この劇世界では人間が触知できる世界を包むように異界が存在していることを観客に知らしめる。以下の引用はその長大な独白の冒頭部分だが、拙訳ではスクライカーの文体的特徴を伝えることが叶わないため、この台詞にかぎって原文を併記する。

スクライカー　聞いた彼女の自慢をけだものめいたロースト・ビーフを食べる衛兵、娘は紡げた尺渡りきちんと紡いだとてもみすぼらしい麦藁を金糸に〔……〕

SKRIKER. Heard her boast beast a roast beef eater, daughter could spin span spick and spun the lowest form of wheat straw into gold［…］（*P3* 243）

開口一番スクライカーは「彼女の自慢を聞いた」と語るが、その後は即座に“boast—beast—roast”という脚韻と“boast—beast—beef”という頭韻を組み合わせ、さらに“roast beef”から“beef eater”（ロンドン塔の衛兵）を連想し、“eater”から“daughter”と再び脚韻で別のセンテンスを作り出すなど、一見意味中心の発話から逸脱した語りをしているかのようだ。だが、「彼女の自慢」、「娘が紡ぐ」、「麦藁を金糸に」といった鍵となる表現をつないでいけば、ここで話題にされているのはグリム童話の「ルンペルシュティルツヒェン」であることが十分に推測可能であろう。周知のように「ルンペルシュティルツヒェン」は、父の虚言のせいで麦藁を金に紡ぐよう王から命じられた娘が、初子を譲るという約束で小人の助けを得て、王に見初められる物語だ。小人は、王妃となった娘の産褥の床へ約束を果たしてもらいに現れるが、王妃の懇願により三日以内に自分の名前を当てられたら諦めると約束をする。だが、土壇場で小人の歌を盗み聞いて彼の名が「ルンペルシュティルツヒェン」だと知った王妃はその名を告げ、小人は悔しさのあまり自分の身を引き裂く。先に引用した「あんたら人間は私を殺し続けてる」というスクライカーの台詞とこの前口上を併せて考えれば、この戯曲はおそらく西洋の民話に語られてきた異世界と人間の関係を、いかに連綿と人間が自然から益を得ながらそれを痛めつけてきたかを示すメタファーとして提示しているのである。

伝承的な語りの枠組みとエコロジーの主題を重ね書きする手法は、物語の後半でジョージーを冥府へ連れて来たスクライカーがワインを飲むよう勧める場面でも繰り返される。この時、かつてジョージー同様にスクライカーによって冥府へ降って来たらしき「破滅した少女」（*P3* 270）が、冥府の飲食物を口にすると二度と戻れなくなるとジョージーに忠告する。怯むジョージーにスクライカーは、「地球温暖化を感じてその後ずっと幸せに暮らしました、ってことになりたくない？（Don't you want to feel global warm and happy ever after?）」（*P3* 270）と問いかける。これはもちろん、体を温める薬としてワインを勧める定型化した物言いが自由連想法で「地球温暖化」と結びつけられた言葉遊びの表現ではある。だが、このようなスクライカー特有の言い回しは、日本神話で言うところの黄泉竈食《よもつへぐい》に当たる人間にとって致命的な食物を、地球にとって致命的なダメージと二重写しにし、さらにそれを伝承民話の語り口で語るというこの戯曲そのものの構造を凝縮した台詞になっているのだ。

また、エコロジーを体現するスクライカーと仲間たちは、スクライカー以外は現世では言葉を発しないものの（ただし冥府では歌のかたちで言葉を発する）常に舞台の上を蠢いて人間に不気味な影響を与えている。たとえば、作中で舞台を横切る会社員たちはみな背中にスランプキン（スコットランド民話に登場する邪悪な精霊）を背負っているが、誰もそれに気づいていない。エレイン・アストンは、『スクライカー』を「ダーク・エコロジー」の概念を先取りした戯曲と解釈し、モートンがエコロジーの〈暗さ〉を徹底的に認めることが逆説的にエコロジーとの関係回復の唯一の道だと主張するように、「スクライカーによる毒された冥府への道行きは、我々が平等主義的でエコロジカルな幸福の感覚を取り戻せるかもしれないという希望のもと、チャーチルが我々を連れていく道行きでもある」（Aston, "Caryl" 67）と述べている。

確かに、スクライカーをロマン派美学イデオロギーによって理想化されないエコロジーの象徴と解釈すれば、なぜスクライカーが嬰児殺しのジョージーや妊娠中のリリーという一〇代後半のよるべないシングルマザーたちばかりに目をつけるのかという点にも、単に妖精が人間の赤ん坊を欲しがるのは西洋民話共通のモチーフだという前提を超えた、エコロジカルな観点からの説明が可能になる。大気や水質の汚染、地球温暖化と森林の減少など、人間の都合によって破壊された環境が人間に与える皺寄せをもっとも悪いかたちで受けるのは、彼女たちのような安定した経済基盤を持たない女性たちであり、次世代の子供たちであるからだ。この点は、冥府降りから戻って来たリリーが一瞬の間に現世で長い年月が経過していたことを悟り、老いさらばえたひ孫から罵倒されるこの戯曲の結末にもよく表れている。スクライカーは、人間によって損なわれた太古の大地の精という被害者であるが、同時にジョージーとリリーを誘惑して破滅させる加害者としても描かれているのだ。彼女が体現する加害／被害の二重性は、人間自身が環境に対してふるう暴力性が環境に投影され、ジュリア・クリステヴァ的な〈忌むべきもの《アブジェクト》〉として人間に襲いかかってくる構図を表現していると言えるだろう。

ただし、スクライカーにそのような二重性が付与されていること自体に、実は大きな問題が含まれている可能性はないだろうか。スクライカーは一見、人間にとって「奇異なる他者」と言ってもいいように見える。たとえば、エリン・ダイアモンドは、『スクライカー』の完成とほぼ同時期にチャーチルが英訳したセネカの悲劇『テュエステス』（一世紀頃）を参照しながら、チャーチルの手によるこの二作を「ポストヒューマン悲劇」だと論じている（Diamond 751-58）[2]。だが『スクライカー』におけるエコロジーは、人間自身が環境に及ぼす暴力性を外在化して妖精に投影している点において、やはり「ダーク・エコロジー」という概念が提唱するような「奇異なる他者」として描かれている訳ではなく、民間説話の持つ伝統的な擬人化の思考プロセスに回帰しているように思われる。とすれば、エコロジーを擬人化して馴致することはそれを歪めることではあるが、結局人間は自分に似せてしかエコロジーを想像することができないという二律背反を、むしろこの戯曲は浮き彫りにしているのではないか。

その一方でもちろん、エコクリティシズムが常に孕んでいる理論と実践の乖離という危険性を発展的に解消しようとする立場からすれば、人間には理解不能なエコロジーに妖精という〈かたち〉を与え、我々の情動に働きかけられるようにした『スクライカー』の着想は評価の対象にこそなれ、問題にはなり得ないだろう。認知心理学・認知言語学を取り入れた学際的なアプローチによる「アフェクティヴ・エコロジー」を提唱するアレクサ・ヴァイク＝フォン＝モスナーは、「認知論的エコクリティシズムは、いかにして環境を語り、それを見る者を感覚的・情動的にその物語に巻き込んでいくかを解明する手がかりになる」とともに、こうしたアプローチは「より政治的・倫理的な傾向の強い文学批評や映画批評と連携できる」(Weik von Mossner 190-91) ものであると訴えている。こうした考え方からすれば、妖精に仮託されているからこそ、『スクライカー』のエコロジー表象は実践的な力を持ち得ることになる。本章の冒頭でも触れた『クラウド・ナイン』や『トップ・ガールズ』といった初期の代表作から強い政治的メッセージと高度に急進的な演劇的実験性を両立させてきたチャーチルが、エコクリティシズムの抱えるこの二重拘束を予見的に焦点化した作品が、『スクライカー』であったと言えるのかもしれない。

『はるか遠く』と「奇異なる他者」としてのエコロジー

エコロジー運動は人間中心主義を徹底的に脱すべきという理論的な主張と、エコロジーを語るには人間の情動に効果的に訴えるべきであるという実践的な立場に、文学は橋をかけることが可能なのかという問題意識は、二〇〇〇年一一月二四日にロンドンのロイヤル・コート・シアターで初演された『はるか遠く』にも継続して見られるように思われる。これはジョウンという女性のライフ・ステージを切り取る三つのそれぞれ独立した場面から成る戯曲で、特に第二幕の死刑囚の行進の場面が名高い中期以降のチャーチルの代表作であるが、一般的には本作は、全体主義的国家体制を批判した政治的寓話として解釈されることが多い。

分析に入る前に戯曲の内容を概観する。第一幕では、何らかの事情で伯母であるハーパーの家に引き取られた少女ジョウンが、到着の晩に悲鳴を聞きつけ、伯父が子供たちを含む多数の人々を納屋に連行して暴行する様子を目撃して、伯母に事情を尋ねる。伯母は当初、叫び声には「それは梟だね」(*P4* 136)、血の染みには「午後に犬がトラックで轢かれたんだ」(*P4* 138) と言って誤魔化そうとするが、ジョウンが何もかもを見てしまったことを知ると、今度は「おじさんはみんなを手助けしてるんだ」(*P4* 140)、「おまえは今や、世の中を良くするための大きな運動の一部を担ってるんだ。誇りにしなくちゃ」(*P4* 142) と、伯父の行為に善の意味づけをする。第二幕では、成人したジョウンが帽子の工房で働き出す。彼女の隣にはトッドという熟練工がおり、二人はオートクチュールの帽子の芸術性や労働者の権利について理想主義的に語り合うが、会話が進むうちに観客には、彼らが作っているのは公開処刑される囚人たちが処刑場へ行進するさいに恥辱の証として被せられる帽子であることが分かる仕組みになっている。最終幕では、どうやら動植物や大気すらをも巻き込んだポストヒューマンな世界戦争が発生しており、ジョウンと結婚したトッドがハーパーと敵味方の最新状況について意見を交換している。観客は最後に、ジョウンが今や手練れの工作員であるらしきことを知る。

チャーチル自身の解説によれば、これらの場面は「同じ少女がすべてを経験し、その間、敵対関係の規模が拡大していくという以外はまったく無関係に見えるかもしれないが、私が思うに、これらの三つの場面は、登場人物たちの『正しい側につきたい』という欲望によっても結びついて」(*P4* x) いる。いわば、世界が善悪の二元論で分けられない複雑なものとして立ち現れる時に人間はかえって明確な善悪を求めがちだというアイロニーを、この芝居は冷徹な筆致で描き出しているのである。かくて、『はるか遠く』は、テロとの戦いが声高に叫ばれた二一世紀初頭には、現今の世界情勢に対する明敏な政治批評として解釈されることになった。たとえばジェニー・ヒューズは、ジョルジョ・アガンベン(一九四二―)の「例外状態」という概念をキーワードにテロの時代の演劇を読み解く論考のなかで、『はるか遠く』をマーク・レイヴンヒル(一九六六―)による戦争連作劇『撃て/得よ　秘匿せよ/繰り返せ』(二〇〇八)と同じ系譜上の芝居として取り上げ、いずれの芝居も「戦争という例外状態の現実を物質化し、批判するために、声の持つ糞便的《スカトロジカル》な力についての実験を行なっている」(Hughes 120) と指摘している。[3]

また、『インディペンデント』紙は二〇一九年八月一八日付で「時代を超えた最良の戯曲四〇本」という特集記事を組み、同紙の劇評担当者であるポール・テイラーとホリー・ウィリアムズがそれぞれ二〇本の戯曲を選んだが、古今の西洋演劇を渉猟した四〇本の筆頭としてテイラーが挙げたのは、チャーチルの『はるか遠く』であった。テイラーは選出コメントで「『はるか遠く』は、終末論的な要素を幻想的な要素に溶け込ませるチャーチルの比類ない才能を示す、ひねりの効いたおとぎ話である」と述べ、不条理劇的な場面を通じて「美徳と悪徳、〈奴ら〉と〈われわれ〉の間には単純明快な境界線が存在するという政治家が好む悪質な神話」を巧妙に批判していると高い評価を与えている (Taylor and Williams, "The 40 Best

Plays"）。テイラーの総評はもちろん適切なものであり、第三幕におけるトッドとハーパーによる以下のようなブラック・ユーモアを湛えたやりとりは、たしかに分断化が進む世界情勢に警鐘を鳴らすものだと言えよう。

ハーパー　象がオランダ側についたってのがね。象のことはずっと信用していたのに。
トッド　俺はエチオピアで家畜の群れと人間の子供を射殺した。スペイン軍の混成部隊とコンピューター・プログラマーと犬にガス攻撃をしたことだってある。手袋もはめないまま、この手で椋鳥を引き裂いた。直にやるのが好きなんだ。だから、俺を疑うような言動はよして欲しいね。

〔……………………〕

ハーパー　言ってることが分からないね。鹿はあたしたちの味方じゃないか。うちの側について、もう三週間になる。
トッド　そりゃ知らなかったよ。あんたも自分で言ってたろ。
ハーパー　鹿の天性の善良さが発揮されたんだよ。あの優しい茶色の目を見りゃ分かるだろ。

（P4 157）

世界のあらゆるものを敵と味方に分断し、味方を善、敵を悪と意味づけすることの矛盾と滑稽さと危険性――たとえば、鹿は彼らの味方となってわずか三週間だというのに、ハーパーは贔屓の引き倒しで鹿には

「天性の善良さ（natural goodness）」があると主張している――が、彼らの会話から示唆されているのは明らかだろう。だがそれと同時に、犬と人とが無差別にガス攻撃の対象となり、天候までもが敵の攻撃とみなされる世界戦争の描写は、『はるか遠く』をポストヒューマンなエコロジー文学として読む可能性を拓いてくれてもいる。

家畜と人間の子供を射殺した夫同様に、最終幕のジョウンもまた戦闘員となっており、「猫二匹と五歳に足りない子供を一人殺した」（*P4* 158）と、こともなげに口にする。ラビヤールは、観客に情動的な嫌悪感を引き起こすであろう、人と動物を同列に殺傷する台詞の繰り返しが、実際は本作の要諦であると捉え、「チャーチルは、自明のものとされている人間と動物の立場の違い〔……〕それ自体が、観客自身が自然界に対して振るうありふれた暴力を許容可能なものと思わせる手段になっている可能性をほのめかしているのだ」（Rabillard 101）と、鋭く指摘している。人間が自然界に対してふるう暴力が舞台の上で反転して表象されるという劇構造には、『スクライカー』と共通する面もあるように思われる。だが、作品がエコロジーを妖精として明確に擬人化している『スクライカー』とは異なり、『はるか遠く』においては人間以外の存在が語ったり歌ったり、そもそも登場すること自体が一切ないために、人間存在と非人間存在が同じ地平に混在している世界観そのものが登場人物のエゴイスティックな妄想である可能性をも排除していない点に留意すべきだろう。すでに引用したように、第一場のハーパーはジョウンが耳にした人間の悲鳴を「梟の鳴き声」、地面に染みた人間の血を「犬の血」だと主張することで、夫の暴力を糊塗しようとしていた。このように、芝居の冒頭で作中人物による隠蔽の意図を持った人間／非人間の混同を観客の記憶に植え付けることによって、作品は第三幕のハーパーとトッドの会話も額面通り受け取っていいのかどうかについて微妙なゆれを生んでいるのである。

同様に、第二幕のジョウンとトッドによる帽子作りの場面も、二人（主にトッド）が芸術の崇高さと自分たち職人の権利を高らかに語りながら、彼らの労働と芸術が実際は全体主義国家による恣意的な大量虐殺に加担していることについてまったく無感覚であるという苛烈なアイロニーとなっていることはもちろん、環境から疎外された労働の在り方というエコロジー文学の観点から解釈することも可能だろう。ベイトが論じたロマン派のエコロジー観に基づいた労働と芸術は自然と調和したものであり、ロマン派の系譜上にあるウィリアム・モリス（一八三四–九六）の表現を借りれば、「釣り船の舵を取りながら風のそよぎと波の打ちつけを心から感受できる者が、人の生み出す音楽に聞く耳を持たないことなどあり得ない。真に活気ある芸術を生み出せるのは、衒学者ではなく職人のみである」（Morris 115）ということになる。ところが『はるか遠く』では、帽子作りというクラフト・アーツは衒学の領域に完全に組み込まれてしまっている。第二幕の冒頭で、これがプロの職人として作る初めての帽子だと言うジョウンにトッドが「カレッジでは帽子を専攻したの？」と尋ねると、彼女はこともなげに「卒業制作の帽子はキリンで、高さは六フィートでした」（*P4* 143）と答えるのだ。

第二幕の進行に伴い、二人の作業台の前にある作りかけの帽子は、どんどん「巨大でとっぴ」（*P4* 146）になり、囚人たちの処刑前日には「法外で本末転倒」（*P4* 147）になるとト書きが指示するように、彼らが従事する芸術と労働とは自然との調和といったロマン派的理想とは対蹠地にあり、彼らが生息する環境のどこにも馴染まないグロテスクなオブジェクトの生産活動でしかないのである。ジョウンの帽子はその週の最優秀賞を受賞するものの、第二幕を締める二人の会話は、彼らの帽子がロマン派的な芸術の息吹きから遠く離れていることをかえって強調する。ここでジョウンはせっかくの仕事が囚人の処刑とともに失われてしまうのを惜しみ、「帽子が死体と一緒に焼かれちゃうの、すごく残念」(*P4* 150) とトッドに告げ、彼は「違うね、むしろそこがいいんだよ。帽子とは儚いものだ。何かの隠喩みたいに」(*P4* 150) と答える。芸術的な帽子の儚さとそれゆえの意味を一見繊細に語り合う二人は、週に一度大量に処刑される人々の遺体についてはまったく感受性を働かせることができないのである。こうした登場人物たちが真の共感性を欠落させたままに動物や芸術を恣意的に語る傾向が、第一幕、第二幕と繰り返し示されることで、エコロジー演劇としての『はるか遠く』は、『スクライカー』よりもさらに突き放した筆致で、人間がいかに自分勝手にエコロジーを歪めて認識してしまうかを浮かび上がらせているのではないだろうか。

ペータ・テイトは、非人間的存在や環境全般についての人間の精神の感度を高め得るジャンルとして演劇を高く評価し、チェーホフの『三人姉妹』(一九〇〇) とチャーチルの『愛情と情報』(*Love and Information*, 2012) を分析対象として取り上げながら、「気候変動への情動的な反応やより広範な化学的知見に取り組む際の演劇と上演が持つ力は、とりわけ予見的である」(Tait 1501) と述べている。総論的な考えとしては、演劇というジャンルは非人間的存在の視野に立つことを情動的に比較的容易にする力を持つというテイトの主張に特に異論はない。だが、『はるか遠く』に限っていえば、むしろこの戯曲が強調しているのは、エコロジーをあるがままに理解するのがいかに難しく、人は常に分からないものを自分に都合のいいように理解しがちであるか――モートンの用語を借りれば、エコロジーとはいかに「奇異なる他者」であるか――ということではないだろうか。
第三幕の終わりでは、ジョウンがトッドとハーパーの会話に混ざり、もはや誰が敵で誰が味方か分からぬ危険な状態のなかで自宅に戻ってきたことを語る。

ジョウン　もちろん鳥は私を見てた、みな私が歩くのを見てたけど誰も理由なんて知らなかった、任務かもとは思ったかもね、誰もがあちこちうろついてて誰も理由なんて知らない、それに実際私は猫二匹と五歳に足りない子供を一人殺したから、任務とそう違いはなかったし、一日くらい休んで家に帰って何が悪いのかも分からなかったし、だってそれが済んだら最後までちゃんと続けるから。鳥が怖かった訳じゃない、怖かったのは天気、この辺りの天気は日本の側についたから〔……〕。でも川がどっちの側についたのかは分からなかったから、私が泳ぐのを助けてくれるかもしれないし、溺れさせるかもしれなかった。川のなかほどは流れがすごく速くて、水は茶色く濁っていたけど、それに何か意味があるのか私には分からなかった。だからほとりにずっと立ち尽くしてた。だけど、これしか道はないことは分かったので、私はとうとう川に足を差し入れた。水はすごく冷たかったけど、とりあえずその時点では、冷たいだけだった。足を流れに差し入れただけでは、次に何が起こるのかはまだまだ分からない。どちらにせよ、足首のあたりにぴちゃぴちゃと水が寄せる。（*P4* 158-59）

これが芝居全体を締める最後の台詞になるが、ここでも『スクライカー』を彷彿とさせるくどさで、ジョウンは「知る／分かる（to know）」という動詞を繰り返している。だが重要なことに、この長い台詞の前半では、鳥や天候の立場を「分かる」と繰り返していたジョウンが、中略の後に登場する川については「分からない」を繰り返していることである。もちろん、この芝居においては、実際に舞台の上に鳥や天候が登場するわけではないので、本当に鳥は敵方なのか、天候が日本と同盟を結んだのか、観客には明確に知る由もない。しかし、少なくともこの時点では、ジョウンはハーパー同様に敵／味方の二元論的な認識論で語っている。だが川については、「中ほどは流れがすごく速くて、水は茶色く濁っていた」様子が何を意味するのか分からなかったと述べている。これは、観客にとっては（よほど河口近くのゆったりした流れでもなければ）川として当たり前の現象のように思われるが、「敵か味方なのか分からないので、急流が危険かどうか分からない」というジョウンの思考法を媒介にすることで、川は作中人物のジョウンにとって恐るべき奇異なる他者になるのみならず、観客にとっても異化効果をもって新たに我々の認識の再考を促すことになるのである。

作中の「川」の理解不能性が作品を超えて観客の再考を促す働きを持っている可能性は、最後の二文でジョウンが用いる主語と時制が、それまでの「わたし（I）」を主語にした過去形から突如総称的な二人称の現在形（"you can't tell what's going to happen"; "The water laps round your ankles in any case"）に変化することからもうかがえるだろう。作中のジョウンは、川が敵か味方か分からないまま一歩を踏み出し、どうやら自宅へ帰還した。同じような一歩を、この開かれたエンディングは観客にもまた要請しているのではないだろうか。『はるか遠く』は、この謎めいた不条理な世界大戦を劇のなかの「はるか遠く」のこととして観客が受け流すことをよしとしない。これは観客にとっての「奇異な他者」であり、それを理解できないままに受け入れることが求められているのだ。

キャリル・チャーチルが一九九〇年代から世紀転換期にかけて執筆・上演した『スクライカー』と『はるか遠く』は、同時期に盛んになったエコクリティシズムの議論の展開を、奇しくも演劇的なかたちで先取りしたものとなっている。これらの戯曲では、ロマン派的なエコロジーの理想化や一体化は退けられ、よりダークなものとして描かれているが、『スクライカー』においては理解不能なエコロジーを擬人化という理解のプロセスを通じて描かざるを得ないという矛盾を露呈することとなった。だが『はるか遠く』の最終場においては、人間の口からのみ語られるポストヒューマンな世界大戦は、劇中人物にも観客にも究極的に把握不能な「奇異なる他者」として描かれ、それに対して我々がどのような態度を取るのかを問いかけてくるのである。

註

1　ただしモートンは、ロマン派文学全体が自然を美学的に処理して呪物化しているとは考えていない。コールリッジの『老水夫行』（一七九八）において老水夫が海蛇に対して抱く親近感や、『フランケンシュタイン』の名もなき怪物などに、彼の提唱する「ダーク・エコロジー」の要素を看取している（Morton, *Ecology* 158-59, 194-95）。

2　ダイアモンドによれば、タンタロスの亡霊の呪詛から始まる『テュエステス』と『スクライカー』は、超自然的存在の語りが枠物語となる点でよく似た劇構造を持っており、劇中の人間世界は、常に超自然世界の干渉を受けている。この両作において、「人間—非人間の複雑な絡まり合いは人間にとって致命的であり、そのことが劇中人物の心、そしておそらくは観客の心を、悲劇においてもっとも後を引く悦ばしい感情——すなわち受苦の感情——で満たす」（Diamond 758）というのが、彼女の主張である。

3　アガンベンの「例外状態」という概念は、カール・シュミット（Carl Schmitt 一八八八-一九八五）による、主権者とは例外状態において判断を下すものであるという定義を再考したものであり、その考察によれば、主権とは例外状態を布告することで自らを法的秩序の外に置くという逆説的な状態のなかで自己を実現する。ヒューズはアガンベンに依って「秩序と法を維持するため、同時に法と秩序の外部にある例外的な力を主張することで主権は、（法に守られた）一般市民の生活と自然本来の〈剥き出しの生〉との間に分裂を生む」（Hughes 4）のだと指摘し、二〇〇〇年代のイギリス演劇がこのような宙吊り状態にいかに声を与えたのかを、時に北アイルランド問題など二〇世紀の事例も振り返りながら論じている。

第七章　ポストドラマティックな冒険
――『ナンバー』以降のチャーチル

これまで見てきたように、自らを「社会主義的フェミニスト」と認めながらも、チャーチルの作品は時宜に応じてその領域を融通無碍にはみ出しながら、自分の生きる社会の「今、ここ」の問題に敏感に反応し続けてきた。その傾向は彼女の中後期以降の作品に特に顕著で、たとえば子供のクローンを作る父親という主題を扱った後期チャーチルの代表作『ナンバー』(*A Number*, 2002)は、世紀転換期の世界を驚かせたとともに現代まで連綿と続く学際的な生命倫理の議論の端緒となった、スコットランドで一九九七年に報じられたクローン羊の誕生と深い関係にある。

二一世紀のチャーチル

自身も劇作家にして俳優でもあるマーク・レイヴンヒルは、チャーチル作品の示す興味の範囲や感性が彼女の実年齢に関係なく若々しさを保っていることについて、興味深い逸話を紹介している。二〇〇八年に『ガーディアン』紙に寄せた署名記事で彼は、ある若手のドイツ人女性劇作家から「あなたの世代のイギリスの劇作家が好きです。サラ・ケインとか、デビー・ダッカー・グリーンとか、キャリル・チャーチルとか」と告げられたと述べる（Ravenhill, "Caryl Churchill"）。レイヴンヒルはそのドイツ人同業者に、「チャーチルが最初の戯曲を舞台にかけたのは三五年以上も前の話で、彼女は今週七〇歳になるんだと教えてあげた」のだが、それを聞いた相手は「咳き込むように言った——でも、そんなにお年を召した女性が、どうしてあんな若手作家みたいに書けるというのですか？」（Ravenhill, "Caryl Churchill"）と。

この名は明かされないドイツ人劇作家の口調からかすかに漂う不信と驚嘆の念からは、二一世紀に入ってからもチャーチル演劇が若い頃と同様の政治性や形式的実験性を保ち続けていることがいかに稀有であるかが偲ばれるだろう。本章では、二一世紀に入ってからのチャーチルの作品群より、『ナンバー』とパレスチナ問題に切り込んだ『七人のユダヤ人の子供たち——ガザのための戯曲』（*Seven Jewish Children: A Play for Gaza*, 2009、以下『七人のユダヤ人の子供たち』）を取り上げて、本書を締めることとしたい。そこから立ち上がってくるのは、テーマや手法を縦横無尽に広げながらも社会問題に対するメッセージ性をその基盤とするチャーチル演劇の本質である。そして、その眼差しの先にいるのが未来の社会を担うべき子供たちであることもまた、改めて浮き彫りになるであろう。

クローン羊ドリーと『ナンバー』

一九九六年七月五日、スコットランドの首都エディンバラから七マイルほど離れた村ロスリンにあるロスリン研究所で、ある羊が生まれ、ドリーと名づけられたが、すぐに世界でもっとも有名な羊となった。ドリーは精子と卵子によって生まれたのではなく、ある六歳の羊の乳腺細胞の遺伝物質から生成されたクローンだったのである。アメリカの科学ジャーナリストであるジーナ・コラータは、ドリーの衝撃をいち早く取材し、『クローン──ドリーへの道とその先の道』（邦訳『クローン羊ドリー』、一九九七）というドキュメンタリーにまとめている。そこでコラータは、研究責任者のイアン・ウィルマットが目指していたのはあくまで血友病などのヒトの病気の治療薬開発のための羊のクローン技術であり、ウィルマット自身はクローン技術の人間への応用には忌避感と嫌悪感を隠していないことを断りながらも、「クローニングから得られる教訓があるとすれば、それはクローン技術によって顕在化された倫理上の諸問題について、もっとも思慮深い有識者の間にすら何が正しくて何が誤っているのか、一様に受け入れられた考え方もなければ合意も形成されていないということだ」（Kolata 16-17）と述べ、ドリーが巻き起こした生命倫理論争──特に、クローン技術が人間に応用されることの是非──の熱狂ぶりを概括している。

コラータは、ドリーの誕生に至るさまざまな実験の経緯を追いながら、同時に随所で宗教家、哲学者、文学者、科学者、医学者らさまざまな立場の人々のコメントを紹介し、最終章では「もっとも驚くべきことではあるが同時にもっとも反論の余地がない可能性として、人間の臓器移植用に人間のクローンを用いるという考え」（Kolata 234）を紹介している。カズオ・イシグロの『私を離さないで』（二〇〇五）はこの可能性をディストピア世界として想像した小説だが、ドリーの誕生の直後に人々の琴線にふれ、その想像力を真っ先に掻き立てたのは、それよりも直接的な願望であった。ウィルマット本人が後に共同研究者のキース・キャンベルと科学ライターのコリン・タッジとともに著した『第二の創造』（二〇〇〇）では、ロスリン研究所に寄せられた多くの要望に彼らが戦慄を覚えたことが、以下のように語られている。

ドリーの件が公表されてから、私は日々、ロスリン研究所に洪水のように押し寄せた電話をさばくことになったが、すぐに肉親を失った家族からの、失った愛する者をクローン技術で複製してはくれまいかという訴えに畏れを抱くようになった。私にも娘が二人と息子が一人いるから、親というものにとって子供を失うのは悪夢そのものであり、その子を蘇らせるためなら何をしでかしかねないかは、私も分かる。しかし、私にはその役に立てるような力はなかったし、今もない。思うにこれが、ドリーが人間の生活や認識にどんな効果を与えてしまったのかについて私が得た、最初の、痛烈な暗示だった。（Wilmut, et al. 4）

ウィルマットは、クローン羊ドリーのニュースにもっとも切実に反応したのは我が子を複製したいと願う親たちであったという事実に衝撃を受け、そのような衝動の持つ問題について、同書の最終章で重ねて警鐘を鳴らす。「何よりもまず、親の利害にすら優先して、我々が絶対に考慮しなければならないのは、まだ生まれぬ子の幸福、心理的な意味をも含めた幸福である。親というものはただでさえ子供にあまりにも多くを要求しがちであり、少なくとも自分たちの理想に沿って欲しいなどと期待してしまう」（Wilmut, et al. 283）ものだという彼の主張からは、少なくとも一般の人々にとってドリーが喚起したクローン問題とは科学や医学ではなく〈家族〉の問題であったことが透けて見える。とすれば、それはチャーチル文学が長年にわたって追求してきた領域と重なる問題であり、彼女が人間のクローンの是非という議論に興味を持つのは自然なことであったと言えるかもしれない。

『ナンバー』は短い五つのパートから成り、父親ソルターとその息子三名（うち二名がクローン）という合計四名の人物を二名の役者で演じることが想定されている二人芝居である。父親ソルター役の役者は常にソルターを演じるが、三名の息子はそれぞれバーナード1（ソルターが遺棄したオリジナル、四〇歳、テクストではB1と略記される）、バーナード2（ソルターが研究機関に作らせたクローン、三五歳、テクストではB2と略記される）、マイケル・ブラック（ソルターも知らないうちに複製されていた第二のクローン、三五歳）と表記され、そのすべてを一人の役者が演じ分ける。舞台空間は一貫してソルターの家であり、すべての場面は会話の渦中から始まるので、観客はこの二人がどの二人で、なぜここにいるのかを、会話内容から徐々に推測していく必要がある。初演の演出を担当したスティーヴン・ダルドリーによれば、役者やスタッフとの話し合いの末、三人のクローンの兄弟を演じ分けるにあたって衣装や髪型、メイクなどは一切変えないことにしたが、それは「観客に、外見よりも行動から違う人物になったことを悟ってもらう余地を与えた方が強い効果が出るんじゃないか」（Qtd. in Aston, *Caryl*, 125）という結論に達したからだという。[1] これは、二人芝居である以上、役者がほとんど出ずっぱりになるので衣装替えなどにあまり時間が取れないというプラクティカルな理由もあるだろうが、外見は自分と同じだが中身は自分ではないという当事者がクローンに対して抱くであろう恐怖を、観客にも強く印象づける働きがあると考えられる。

　チャーチル自身はこの戯曲について、「物語の中心にあるのはクローン技術だが、自分としては『ナンバー』がクローンについての芝居だという気はしていない。とはいえ、クローンが単なるマガフィンというわけでもなく、私の興味を引く多くのものをクローン技術は見せてくれている」(*P4* viii) と述べている。[2] ここで言及されている「マガフィン」というのは、アルフレッド・ヒッチコック(一八九九―一九八〇)が用いた言葉で、作中の登場人物にとっては重要な意味を持っているが作品の主題としてはほとんど意味を持たない、サスペンス効果を生み出すための(代替可能ですらある)プロット上の仕掛けを意味する。チャーチルにとって、『ナンバー』におけるクローン技術は、作品の主題ではないが代替可能な装置でもない境界領域に存在している。それはおそらく、『ナンバー』の真の主題がクローン技術そのものというよりは、ウィルマットが指摘したような、クローン技術が喚起した親による子に対しての執着の方にあるということを意味しているのではないだろうか。とりわけ、この芝居には男性しか登場しないことや、ソルターの語りのなかにしか存在しないB1の実母の死因が産褥、自動車事故、自殺と不安定に揺れることは、ソルターの夢想する理想が〈父による単体生殖〉――サンドラ・ギルバートとスーザン・グーバーが『屋根裏の狂女』の冒頭で問題提起した、キリスト教の創生神話にその淵源を持つ西洋文学に深く染みついた父権幻想――であることを思わせ、そのグロテスクさを際立たせている(Gilbert and Gubar 4)。

　前述のように『ナンバー』は短い五つのシーンから成り、それらは常にソルターが自宅で息子または息子のクローンと語っている場面という設定である。第一場は、B2がなんらかの理由で自分にはクローンがいることを知ってしまい、父親に問いただしている会話の最中から始まる。B2は「クローンは多数(a number of them)いるのではないか」「自分も多数のうちの一個体に過ぎないのではないか」(*P4* 165, 166)と繰り返し問う。それに対し、ソルターは当初「お前はオリジナルだ」「クローンは奴らが勝手に作ったのだ」「奴らを訴えよう」(*P4* 165-67)などと答えているが、そのうちB2がクローンであることを認め、B2が産褥で亡くなった妻の忘れ形見ではなく、四歳の時に交通事故で妻とともに失った息子のクローンだと語り出す。だが、第二場ではB1がソルターの家を訪問しており、彼の告白は虚偽であることが観客にはすぐに明らかになる。四歳の時に施設に入れられたというB1は精神的に非常に不安定で、飼い犬を虐待するような情愛に乏しい人間に育っている。彼は幼時の、夜に怖くて眠れずベッドから父をどれほど呼んでも来てくれなかったトラウマ記憶を語り、なぜ来てくれなかったのかと問い詰める。ソルターが言い訳をしていると、B1は突然「もう一人の俺は?」とクローンの存在についてかまをかける。ソルターの態度からクローンの存在を確信すると、彼は「それで俺がドアを開けた時、俺だと分からなかったんだな」と、訪問時にB2と間違われてクローンの存在に勘づいたらしいことを観客に示唆する台詞をつぶやく。

『ナンバー』のテクストにはほとんどパンクチュエーションが存在せず、彼らのやりとりはおおよそ文法的なセンテンスを形成しない断片的な語句の羅列となっている。これは、彼らがまとまりのない思念をそのまま口にしていることを示唆しているのだが、芝居が進むにつれ、そのような『ナンバー』の文体がいかに登場人物のアイデンティティ不安とつながっているかが明らかになってくる。たとえば、再びB2

とソルターの会話に戻る第三場を見てみよう。ここでは、B１が自動車事故で死んでいなかったと知ってオリジナルの存在に怯えるB２が父を問い詰めているのだが、ソルターが徐々に重い口を開いてB２と観客に明かす実相は、次のようなものであった。B１が二歳の時に妻が自殺をして、独り残されたソルターは、飲酒や薬物へ依存しながらも男手ひとつでB１を育てようとした。だが、息子が四歳の時にこれは失敗作だと感じて施設にやってしまい、そのクローンを作って理想の子育てをやり直していたのである。父を責めていいのか分からず、かつ同情すべきB１にも恐怖を覚え、混乱したB２は次のような長い独白を発する[3]（訳文では読みやすさを考慮して句読点等を加えている）。

B２　彼は父さんを責めてはいけないかもしれないね、遺伝的なことだったかもしれないし、父さんが当時、酒とかクスリとかをやめられたのかどうか分からないし、ぼくが理解するところでの哲学的な言い方をすれば双方の理解が異なっていたから今とは違うというふうには見られなかったんだね、人間としても違うし遺伝子的には違う人間だし——いやそうじゃないね、ずっと誘惑に弱いたちだったし、だって遺伝的に常に依存体質だったたってこともあり得るし、それに同じ遺伝子を持った誰か——まったく同じ遺伝子を持った誰かが——それでも時間は違っていて文化も違っていて、もちろん個人的な色々の人生で経験したことの総体とか子供時代とかそういうの全部が——だから仮に父さんに兄弟がいたとしよう、一卵性、そう一卵性の双子としよう、でも出生時に離れ離れになって小さな時からすっかり別だとしたら、その兄弟が愛すべき父親になったかもしれないと誰が言える？　もちろん実際のところ父さんはぼくにとってそうだったから父さんのなかにも愛すべき父親になれる要素があったのかもしれない、だからそういう複雑なこと全部の組み合わせで父さんがそんなふうになって、だからぼくは父さんを責めてはいけないのだろう。

（*P4* 192）

このB２の半ば独り言のような長台詞は、彼の意識の流れを反映するものである。B１を失敗作として切り捨ててクローンの自分で〈理想の父〉をやり直そうとしたソルターをかばおうとして、B２は「彼〔B１〕は父さんを責めてはいけないかもしれない」とつぶやくが、弁解のように情状酌量の理由を探して、依存体質や遺伝性について堂々巡りのひとり問答をしているうちに、いつの間にか最後に「ぼくは父さんを責めてはいけないのだろう」と主語が変わってしまっている。つまりB２は、自分を被害者の側から切り離し、父を悪く思わない理由を探すうちに、かえって自身のアイデンティティの混乱や父を許せないという感情を暴露しているのである。

B２の自我への不安が作中で解消されることはなく、むしろ観客は次の第四場で、彼がB１に殺され、すでに存在を抹消されたことを知らされる。ソルターはB１に向かい、B２の遺体をどこに埋めたか教えろと詰め寄って興奮状態で威嚇を始め、B１の幼時の思い出を七〇行近くに及ぶ長台詞でうわごとのように語り出す。そこでは、母の死後に夜泣きするB１を意図的に無視したり、戸棚のなかに閉じ込めるといった虐待の具体的な内容が明かされるのだが、ソルター自身はB１への愛を語り始める。

ソルター　〔……〕教えてやろうか、おまえを殺したってよかったのにしなかったんだ。恐ろしいことをしでかしかねなかった、でも殺さなかった。おまえを殺して別の息子を手に入れてもよかった、同じ子――似たような子を作ってもよかった、実際そうしたし、そうじゃなきゃ違うのを手に入れて再婚してやり直したってよかった、でもしなかった、見逃してやったんだ、あの時にはもうおまえはくそ忌々しいがきに育ってたのに、まともな神経の持ち主なら誰だっておまえを叩き潰してただろう、でも俺は忘れられなかった、おまえが最初どんなだったか、だから見逃してやったんだ、別の子なんて欲しくなかった、おまえがもう一度欲しかった、おまえは完璧だった、ちょうどあんなのが――おまえを愛してたんだ。（*P4 197*）

子供を自分ひとりの作品とみなすこの場面のソルターはあたかも、地上に人の悪が増したことに心を痛めて「私は人を創造したが、これを地上からぬぐい去ろう」（「創世記」第六章第七節）とノアに告げて大洪水を起こす旧約聖書の神に我知らず自分をなぞらえているかのような印象をすら与える。このように作品全体としてソルターは度し難く利己的な父親ではあるが、だからといって観客が心情的な接点をまったく見出せない悪人として描かれているわけではないことにも注意を向ける必要があるだろう。ソルターほどに肥大した自己中心的な愛情を子供に押しつける人は滅多にいないにせよ、他者を自分の一部として愛し、そのために愛情の対象にかえって害をなすことは、われわれの誰しもがやりかねないことなのである。また、マーガレット・サヴィロニスは、チャーチル劇のなかで〈母〉の存在が消去されている作品として

『酸素が、た、た、た、た、たりない』と併せて『ナンバー』を挙げ、特に後者は恣意的な父権の行使に対する批判であるとともに、「養育とは母に起源を持つものであるという概念」に対しても問題提起を行なっていると指摘している（Savilonis 250）。もしも『ナンバー』がサヴィロニスの論じるように、父なる神として妻子を支配する欲望を批判しつつ同時にそのような欲望の存在が母性神話を掘り崩すことを示唆するものであるならば、この二重の抑圧からの解放の可能性を秘めている唯一の人物が、最終場で登場する第二のクローン、マイケル・ブラックである。

第五部では、マイケルがソルター宅を訪問している。どうやらB2を殺した後にB1も自殺してしまい、息子をどちらも失ったソルターが、もう一人のクローンを探し出して会いに来てもらったらしい。マイケルを相手にみたび理想の父子関係の構築を願うソルターだが、マイケルは妻と子に恵まれた数学教師としての今の自分の生活に満足しており、生物学的な父の望む愛憎ゲームに乗る意志を見せることはない。ゆえに、ソルターがマイケルのなかに「自分の息子」としての同質性を求めれば求めるほどに、彼らの会話はすれ違っていく。

ソルター　それは私が求めてることじゃない
マイケル　ああ、そう、すみません。
ソルター　君が言ってるのは君じゃなくて何か別のことについてだけど、私は君について何か知りたかったんだが

マイケル　ぼくは別に

ソルター　すまない、自分でも分からない、ただ望んだのは

マイケル　ぼくの信条とか政治的理念とか戦争についてどう思うかとか、そういうこと？　戦争は嫌ですね、爆撃のおかげで大いに戦果が上がったとか聞くのは全然しあわせじゃない［……］

ソルター　わたしが聞きたかったのは――いや自分でも分からないんだけど、もっと個人的なことで、もっと君の人生の奥深くから滲み出るようなことなんだよ。押しつけがましかったらすまないが。

マイケル　じゃあどうだろう、ひょっとして妻の耳とかどうですかね？

ソルター　うん？

マイケル　昨夜一緒にニュースを見てたら、なんて美しくて少しだけ奇妙な形の耳をしてるんだろう、うちの奥さんは……って思ったんです――小さな耳なんだけど耳たぶだけ大きくて、まあ耳全体の小ささから比べれば耳たぶが大きいなっていう程度のものですが、それでてっぺんはちょっと尖ってて、ディズニー映画の妖精とか小動物の耳みたいな感じですね、もちろん妻の耳はずっとそこにあったんだけど、分かるでしょ、突然気づくことってあるじゃないですか――で、気づいたら、なんていうのかな、妻のことがいかに好きかってしみじみと、そう、つくづくしみじみと感じられたんですが、こういうのってあなたの言う奥深くから滲み出るってことじゃないですかねえ。あ、もちろん子供たちについて話すこともできますし、そういうことをお伝えすればいいんですか？

ソルター　そうじゃない
マイケル　違うんだ？
ソルター　君が話してるのは他人のことじゃないか、なんていうのかな
マイケル　はあ
ソルター　君自身のことじゃない
マイケル　でも、ぼくが本当に愛してる人たちのことですよ（*P4* 201-03）

マイケルの語りは、社会問題や配偶者といった自分と直接は血がつながっていない外界のことについてのものであるという点で、これまでの登場人物たちの閉所恐怖症的な世界と大きな対照を成している。寝室への放置や戸棚への閉じ込めといった、ソルターがB１に対して行なっていた虐待の閉鎖性は、自分自身の再生産としての息子を求めるソルターの欲望の自己完結性を反映しているものと思われるが、ソルターに育てられなかったマイケルはこうした閉鎖性から自由であり、それゆえに彼らの会話は永遠にちぐはぐにならざるを得ない。

第五場の冒頭近くで、ソルターは「君は幸せか？」と問いかけ、マイケルから「天気のいい朝、紅葉の時期に、赤ん坊を連れて公園に出かけたら誰だって、最高だって思わざるを得ないですよね」（*P4* 200）という返答を得る。それに納得しないソルターは延々とマイケルの〈内面〉を探ろうとするが、最後まで彼らの言葉は互いに平行線をたどり、最後には同じやりとりに行き着いてしまう。

ソルター　では君は幸せだと言うんだね、本当に？　今の人生がいいんだね？
マイケル　そりゃもう絶対に。なんかすみません。（*P4* 206）

「なんかすみません」で幕を閉じるこの最終場は、演出によってはアンチクライマックスの笑劇として演じられる可能性もあるが、チャーチル自身はそのような解釈を好まず、「この芝居についてあれこれアドバイスするよりは芝居そのものに独り立ちしてもらいたい気持ちはあるが、ひとつ指摘しておきたいのは、マイケルは愚か者ではないということだ」（*P4* viii）と断っている。チャーチルの、「人間の本質とは何かを探求しようとするソルターの問いに対して、マイケルの返答は良いものであり、真剣なものだと私には思われる」（*P4* viii）というコメントは、彼の一見能天気な態度こそがこのディストピアめいた作品世界のなかで一縷の希望となるメッセージだということを示しているのかもしれない。

『ナンバー』は、自己の一部として子供を愛する父権的欲望を具現化する劇的装置として、クローンを登場させる。しかしこの戯曲で肯定される〈自己〉とは、先天的に自分のなかに内在する不変の何かを想定してそれを延々と再生産しようとすることではない。マイケルが繰り返す「自分は幸せだ」という答えが示すのは、自己とはむしろ他者との交わりのなかでしか育たないということであり、尊重すべき他者として家族と向き合うのに母性も父性もないということなのである。

パレスチナ問題と『七人のユダヤ人の子供たち』

　これまで見てきたように、チャーチルの作品には、マーガレット・サッチャー政権下のイギリスを主題とした『トップ・ガールズ』や、ルーマニア革命を取り上げた『狂える森』など、時事問題に取り組んだ政治劇が少なくないが、なかでも『七人のユダヤ人の子供たち』はその特徴が強く、二〇〇八年一二月二七日のイスラエル空軍によるパレスチナ自治区のガザ地区全土への大規模空爆から始まったガザ紛争の最中に、一気呵成に書き上げられたものである。チャーチルは『戯曲集　第五巻』（二〇一九）の序文で「本書に収録された戯曲のいくつかは、特定の事件に触発されて短期間で書かれたものである」（*P5* vii）と述べた上で、「『七人のユダヤ人の子供たち』は、千人以上の死者が出たイスラエルによるガザ爆撃が行われていた二〇〇九年に書かれた。ロイヤル・コート・シアターのドミニク・クックがすぐに応じて二月初旬には上演され、その後すぐにオンラインでも上演された」（*P5* vii）と、当時の即時性と切迫感を振り返っている。[4]

　そもそもパレスチナ地域をめぐるアラブ勢力とイスラエルの紛争は、直接的には第一次世界大戦中にイギリスがアラブ人とユダヤ人の双方にパレスチナでの建国を約束したことに始まる。第二次世界大戦後に国連がパレスチナ分割を決議するもアラブ人側がこれを拒否し、一九四八年にイスラエル共和国が建国されると、両勢力の間で四度にわたる中東戦争が勃発した。そのような緊張関係のなか、一九八七年一二月にはイスラエル占領下のガザ地区でイスラエルに抵抗する民衆蜂起が起こり（第一次インティファーダ）、これを契機に武力闘争によるイスラム国家樹立を目指す組織ハマスが設立された。ハマスとイスラエルの間には二〇〇五年の停戦合意以降、断続的な停戦が成立したものの、二〇〇八年六月からの半年間の停戦が同年一二月に失効する前の二〇〇八年一一月四日にはイスラエル軍がガザ地区への侵攻を始め、前述した一二月の大規模空爆へと発展した。こうした状況に対しチャーチルは声をあげる必要を感じていたことは明らかで、『七人のユダヤ人の子供たち』に限っては、無料公演とするか収益をパレスチナ医療扶助団体（ＭＡＰ）へ寄付するかを条件にライセンス料を免除して上演許可を与えることを表明している。

この戯曲は七つの短い会話より成る上演時間十分弱程度のショートピースであり、『七人のユダヤ人の子供たち』というタイトルがついてはいるが実際に子供が登場することはない。どの場面でもユダヤ人の大人たちが「子供に何を伝えるべきか」という似通った会話をしているのだが、各場面の時代設定が異なっており、それに従って会話の背後に示唆される状況も変化しているため、一見同じようなやりとりが繰り返されるたびに、それが持つ意味がずれていく仕掛けになっているのだ。

また、スクリプトでは誰がしゃべっているのかを指示するスピーチ・プリフィクスが欠落しており、台詞のみがほとんど句読点もないままに羅列されているので、誰がしゃべっているのか、さらにはどの行からどの行までが一人の役者の割り当て台詞なのかも意図的に曖昧になっており、上演の自由度が非常に高くなっている。たとえば、第一場冒頭の一一行は次のような感じになる。

あの娘《こ》には、これはゲームだと言えばいい
あの娘《こ》には、これは遊びじゃないんだって言うべき
でも怖がらせちゃだめ
殺されちゃうよ、とは言っちゃだめ
静かにしないと本当に大変なことになるよって言わないと
いい子にしてたらケーキをあげると言えばいい
ベッドに入ってる時みたいに丸まっててね、と言おう
でも歌わないでね、って。
出てきちゃだめだよと言わなくちゃ
たとえ叫び声が聞こえても出てきちゃだめだよと
あの娘《こ》を怖がらせちゃだめ（P55）

日本語はその運用上の特性により、話し言葉からジェンダー性を完全に消去することがきわめて難しいため、拙訳では残念ながらところどころ語り手が女性であるかのように感じさせる言葉遣いになってしまっているが、原文では誰がどの台詞をしゃべるかは演出に完全に任されている。チャーチル自身がこの戯曲に付した注意書きでは、それぞれの場面に登場するのは全員別人だが、「会話している大人たちは何名の役者で演じてもいい」（P54）と記されており、これには役者のジェンダーは不問であることも含まれて

いる。実際、この戯曲は二〇〇九年二月六日の初演時には男女合わせて九名の役者で演じられたが、その後同年四月にオンライン上演の運びとなった際には、女優ジェニー・ストラーの一人芝居として演じられた。

同じ注意書きの末尾には、「この芝居は一九世紀における帝政ロシアのポグロムから始まり、二〇〇九年のガザ爆撃で終わる」（P54）と記されているので、第一場で描かれているのは、ポグロム（帝政ロシア時代にロシア人によって行われた集団的暴力、特にユダヤ人の虐殺）を避けて潜伏しているユダヤ人が、何も知らない少女が歌を歌っているために居場所がばれる危険に晒されている状況だということが分かる。その一方、第一場と最終場の間の五つのスキットについては具体的な時代が述べられていない。だが、会話の内容からおおよその設定を推測することは十分に可能である。たとえば第二場では「あの娘《こ》には、おじさんたちが殺されたって言っちゃだめ／あの娘《こ》には、おじさんたちが殺されたって言うべき／怖がらせちゃだめ」（P56）といった第一場と重複するやりとりから始まるが、その後の「あいつらのしたことをあの娘《こ》に言っちゃだめ／あの娘《こ》に何かは言わなくちゃ／もっと大きくなったら伝えよう。／ユダヤ人を憎んだ人々がいたのだと伝えよう」（P56）といったやりとりで、どうやら第二次世界大戦が終了し、ホロコーストを生き延びた者たちが会話をしていることが分かるようになっている。

第三場では、大人たちの会話に「故郷《ホーム》」という新しいキーワードが登場し、イスラエル建国とユダヤ人入植の話をしているらしいことが推測される。

あの娘《こ》には故郷《ホーム》に帰るんだと言おう

あの娘《こ》には神が我々に約束した地だと言おう
あの娘《こ》に宗教の話をしちゃだめ
ひいお祖父ちゃんのひいひいひいひいお祖父ちゃんたちが住んでたんだと言おう
祖国を追われたんだとは言っちゃだめ
言うべきだよ、もちろん言うべきだよ、みんな祖国を追われたんだと、我々の故郷《ホーム》への帰還を待って
いてくれているのがあの国だと
あの娘《こ》がここの人間じゃないみたいな言い方はだめ（*P57*）

ここまでは、作品が描くのは迫害されるディアスポラとしてのユダヤ人家族の苦難の歴史である。だが、第四場以降は「故郷《ホーム》」をめぐって彼らの立場が逆転し、「あの娘《こ》にはここは彼らの故郷《ホーム》じゃないと言おう／あの娘《こ》に故郷《ホーム》なんて言っちゃだめ、故郷《ホーム》という言葉はだめ、あの人たちは出ていくんだと言おう」（*P58*）という会話が始まる。こうしたアラブ系住民との対立を示唆する会話の最後には、それでも「あの娘《こ》には、私たち分かち合っていけるかもしれないねと言おう／それは言っちゃだめ」（*P58*）といった宥和を目指す視点の言葉も混じっている。だがこれに続く第五場では、一九八七年に起こった第一次インティファーダの武力鎮圧を彷彿とさせる好戦的な言葉だけが羅列されており、「あの娘《こ》には我々が勝ったと言おう／お兄ちゃんは英雄だよと言おう／奴らの軍勢がどれだけ強大だったか言おう／奴らを押し返したんだ」（*P59*）といった言葉からは、意見の多様性が失われてしまったような印象を与える。さらに、

第六場になると、「あの娘《こ》にはブルドーザーのことは言わないようにしよう」(*P5* 9)、「あの娘《こ》には、我々を安全に囲うための壁が必要なんだよと言おう」(*P5* 10)といった二〇〇七年のガザ封鎖を示唆する言葉が飛び出し、ガザ地区のパレスチナ人への抑圧を強めている状況が描かれる。つまり、この短い芝居は、幼い少女を気遣う部分的に重複した会話を繰り返しながら、ユダヤ人が犠牲者から加害者へと変貌していく歴史を凝縮して舞台に載せているのだ。

最終の第七場は、すでに述べた通りイスラエルのガザ空爆に際しての会話だが、「軍隊のことは何も言っちゃだめ」(*P5* 11)という台詞に過剰に反応した誰かが、この芝居全体を通して突出して長い台詞を語り出す(この部分、拙訳では筆者の力量不足で男性が語っているかのような口調になってしまっているが、原文ではジェンダーフリーである)。

〔……〕あの娘《こ》には、我々こそが同情されるべき側だと言ってやれ、彼らが我々に受難について語ることなどできないと言え。あの娘《こ》には我々は今や鉄拳なのだと言ってやれ、これは戦雲なのだと言ってやれ、我々の安全が確保されるまでは彼らの殺戮をやめはしないと言ってやれ、警察官の死体を見て私は笑ったよと言ってやれ、奴らは瓦礫のなかに住むけだものなんだと言ってやれ、彼らを殲滅させたとしても自分は一顧だにしないと言ってやれ、世界が我々を憎むだろう、それだけのことだ、あの娘《こ》には世界が我々を憎んでもどうってことないと言ってやれ、我々の方が憎しみにかけては一枚上手だと言ってやれ、我々は選ばれし民なのだと言ってやれ、奴らの子供が血まみれになっているのを見たら私がどう思うか言ってやれ、うちの子じゃなくて良かったと幸せに思うだけだと言ってやれ。

そんなこと言っちゃだめ。

あの娘《こ》には愛してると言おうよ。

あの娘《こ》を怖がらせちゃだめ。（*P5* 11-12）

かくして、この作品は第一場で誰かが口にした「あの娘《こ》を怖がらせちゃだめ」という言葉を繰り返して終わるが、その言葉が示唆するものは、今や反対になっている。少女を怖がらせる暴力はこの時、ユダヤ人が被るものではなく、彼ら自身がふるうものなのだ。本作は、一九世紀以来のユダヤ民族の経験をあまりにコンパクトに圧縮してしまっていることや、最終場で感情を爆発させた話者が右に引用したような強い言葉を用いることなどもあって、初演直後から批評家の意見は割れ、反ユダヤ主義的であるという批判も少なくなかった。アミーリア・ハウ・クリッツァーは、デブ・マーゴリン（生年不詳）やナオミ・ウォレス（一九六〇‐　）といったアメリカ現代女性劇作家・パフォーマーがチャーチルのこの戯曲にどう反応したかを紹介する論文で、『七人のユダヤ人の子供たち』が招いた著名な批判のいくつかを具体的に紹介している。たとえば、ユダヤ系イギリス人の悲喜交々の生活を軽妙に描く作風の小説家ハワード・エリック・ジェイコブソン（一九四〇‐　）は、初演から二週間足らずの二〇〇九年二月一八日に『インディペンデント』紙上で、「〈選民〉の領域に軽々しく立ち入り——この誤解を受けてきた語句に対する古来の偏見を惹起することだ——ユダヤ人は子供の殺戮に歓喜するという中世の血生臭い誹謗中傷をかたちを変えて繰り返すなら、それは一線を超えて〔……〕あまりに文化的に馴致されているためにユダヤ人嫌悪だと自分ですら気づかぬ嫌悪に陥ってしまっているということだ」(Krizter, "Enough" 615) と、強い不快感を表明している。

その一方、同日の『ガーディアン』紙では、シャーロット・ヒギンズが「キャリル・チャーチルの『七人のユダヤ人の子供たち』は反ユダヤ主義的か」という署名記事を文化欄に掲載し、すでに『スペクテイター』、『ジューイッシュ・クロニクル』、『サンデー・タイムズ』といった新聞や雑誌が批判的な劇評を掲載していることを紹介した上で、「しかし私としては、反ユダヤ主義的にならずにイスラエルを批判することは可能であるという考えを固守したい」(Higgins, "Is Caryl") と訴えている。確かに、少なくともジェイコブソンの批判について言えば、テクストの文脈から見て明らかに過剰防衛反応として必要以上に露悪的な物言いをしている人物の言葉を、そのままチャーチルのユダヤ人観と受け止めるのは無理があろう。作中人物の神経過敏が、そのままジェイコブソンに伝染してしまったかのようである。

このように、被迫害の記憶があらゆる批判を許容できなくなる心性——ヒギンズが述べるような「反ユダヤ主義的にならずにイスラエルを批判」する可能性を認められない心性——を歴史学者の林志弦《イム・ジヒョン》は「犠牲者意識ナショナリズム」と呼んでいる。これは、前世代の犠牲の記憶を次世代が世襲的に受け継ぎ、自分たちの現代の民族主義の正当性や倫理性の根拠となす思考様式を意味する。ここで忘れてはいけないのは、犠牲の記憶を占有化・特権化して、犠牲者意識で武装し、それが犠牲と加害の負の連鎖を生み出すことはどの民族にも起こり得ることであり、当然ながらひとりユダヤ民族の問題ではないということだ。

林が渉猟した広範なケーススタディには、ポーランドが自国でのユダヤ人虐殺の事実を認めようとせず、ポーランドこそがナチの一番の被害者だと主張する国民意識や、ドイツや日本といった第二次世界大戦時の枢軸国が、自らが他国に対して行なった加害の暴力を忘却して自らを戦争の犠牲者として認識したがる心性などが含まれるが、ここで林はポーランドやドイツや日本を悪として弾劾しているわけではない。我々に求められているのは、「犠牲の記憶を脱領土化して「ゼロサムゲーム」的な競争体制から抜け出す時、あるいは記憶の再領土化（自民族の犠牲を絶対化し、他者の痛みを自分たちの下に並べる営み）から抜け出す時〔……〕記憶の連帯を阻んでいる壁は崩れるだろう」（林 三五〇）という視点を持つことなのである。

『七人のユダヤ人の子供たち』はもちろん、イスラエル軍のガザ爆撃に対する意見表明という、二〇〇七年時における時事的なメッセージが込められた芝居である。だが、主要なモチーフを繰り返しながら、被害者から加害者へと移り変わっていく民族の歴史を八分程度に圧縮したこの戯曲は、その簡潔性によってまた、犠牲の記憶を絶対化して後の世代が特権的に受け継ぐことの危険性をも訴えている。二〇二三年一〇月にハマスが突如イスラエルへの大規模攻撃を開始し、国際社会に大きな衝撃を与えた。ハマスによる侵攻に弁護の余地はないものの、イスラエルの報復によりイスラエルとパレスチナ双方の民間人の犠牲が増え続ける難しい状況にあって、『七人のユダヤ人の子供たち』が訴えるメッセージの重要性は再び高まっているのではないだろうか。

チャーチルのポストドラマティックな冒険

『七人のユダヤ人の子供たち』はその鮮烈な政治性がひときわ目を引くが、上演形式の自由度の高さにおいても注目すべき作品である。すでに述べたように、誰がその台詞を述べるのかを指し示すスピーチ・プリフィクスが一切設定されていないために、好戦的な言葉を述べるのが誰で融和的な態度を示すのが誰なのかがジェンダーや年齢と固定的に結びつけられていないし、その両方を一人の人間の心のなかの対話と解釈することも自由である。近年のチャーチルには、このように自分のテクストを上演の一回性へと譲り渡すかのような態度が強く見られ、特に二〇一二年の『愛情と情報』では、その姿勢が顕著に表れている。

『愛情と情報』は登場人物同士の愛憎関係と彼らにまつわる情報が錯綜するシチュエーションを描いた七つのスキットを含むユニットをさらに七つ連ねた、四九の独立したスケッチから成る不思議な構造の芝居である。チャーチルによれば、ユニットの順番を変更してはならないが、ひとつのユニット内の各エピソードは、自由に順番を変えて上演していいという。さらに興味深いことに、末尾には「ランダム」と名づけられたもうひとつのユニットがあり、ここに含まれる一四のスケッチはどこに挿入してもいいし、挿入しなくてもいい（ただし、「ランダム」の冒頭にある「抑うつ」だけは、作品の根幹的なスケッチなので演じなくてはならない）。これらの総計六三の短い場面はすべて、『七人のユダヤ人の子供たち』と同様にスピーチ・プリフィクスがついておらず、どんな人物がしゃべっているのかは演出や配役の裁量に任されている。唯一、第四ユニット内の「ピアノ」というスキットでは、誰かに歌手を引き合わせる人物が「こちらがジェニファー」（P5 59）と口にして歌手の名前を明らかにしており、それに伴って歌手が女性であることが示唆されている。しかしこれについてもチャーチルは、注記で「歌手は男性でも可。名前は変えていい」（P5 16）とただし書きを入れる念の入れようである。このような、テクストが上演の現場に与える制約をなるべく少なくしようとする近年のチャーチルの態度をひとことで表現するなら、「ポストドラマティック」と言っていいかもしれない。

ハンス＝ティース・レーマンは西洋演劇の伝統的な在り方はミメーシスの理念に基づいたテクスト中心的なものであったとした上で、一九六〇年代以降の前衛演劇の様式的な特徴を網羅的に提示し、現代演劇はテクスト中心の演劇から決定的に乖離したドラマツルギーを奉じており、西洋演劇はいわば「ポストドラマ」の時代に入っているのだと唱えた。「ポストドラマティック演劇」という語を演劇批評に流通させることになったレーマンの主著『ポストドラマティック演劇』（一九九七、英訳版二〇〇二）は、ドイツのハイナー・ミュラー（一九二九–九五）やピナ・バウシュ、カナダのロベール・ルパージュ（一九五七– ）、アメリカのビッグ・アート・グループ、スウェーデンのシアター・モーメント、イギリスのアポクリファル・シアターなど欧米の演劇を広く渉猟した多様な人物や劇団が扱われているが、チャーチル作品への言及は見当たらない。劇作家であると同時に演出家でもあるミュラーやルパージュとは異なり、劇作家に専念しているチャーチルが脱テクスト的な演劇の領域に含まれないのは妥当なことと言ってよいのだろうし、実際、『ポストドラマティック演劇』が出版された一九九七年頃までは、チャーチルの前衛性はあくまでテクストに立脚したものとみなされ得るところがあった。

だが、二一世紀に入ってから生み出された『七人のユダヤ人の子供たち』や『愛情と情報』のような作品を見ると、テクストの内容をなるべく忠実に舞台上に再現するというミメーシス的演劇観から、近年のチャーチルが意図的に距離を置こうとしていることが感じられる。こうした傾向は、新型コロナウイルスが猛威をふるい、世界各地で演劇活動が休止に追い込まれた二〇二〇年の五月に、トム・マザーズデイル、ウィルフ・スコールディング、アヌーシュカ・ウォーデンによってプロデュースされた配信演劇イベント『ロックダウン・プレイズ』にチャーチルが提供した『エア』という作品には特に強い。『エア』は、文脈も話者の数もすべてが不明な自動筆記的な会話（ないしは単独話者の発話）が三つ続くという小品である。チャーチルによれば何もこれはコロナウイルス問題に触発された訳ではなく、二〇一九年初頭から心に思いつく文言を自由に書きつける実践を行なっていたなかから生まれたものであったという。そうしたスキットらしきものが一二ほど出来上がったところで、「それはより意図的なものになってきてしまい、そのためにつまらなくなった」（Churchill, *What* 17）とチャーチルには感じられるようになり、しばらく放棄されていたものが、図らずも『ロックダウン・プレイズ』にぴったりの題材として見直されることになったのだ。作家としての意図性を敢えて放棄した自動筆記的な試みが、都市封鎖下の息苦しい生活に一種の解放的な空気《エア》を吹き込んだのである。

その一方、こうした彼女の変化が二一世紀になって突然生まれたものではないことにも留意しておく必要がある。一九七〇年代にはジョイント・ストックとのワークショップを通じた協同作業的な作劇法に取り組み、一九八〇年代から一九九〇年代には振付師のイアン・スピンクや作曲家オーランド・ゴフらと積極的にコラボレーションをしたチャーチルは、伝統的な演劇様式をはみ出していくことを恐れない作家であり続けてきた。その根底にあるのは、他者と出会おうとする初期からの変わらぬ姿勢ではないだろうか。

ただし、これまでの章ですでに見てきたように、チャーチルにおいてそれは相互理解を安易に提示するものではなく、むしろその困難を描くものである。チャーチル自身が『愛情と情報』の根幹的な部分と称した「抑うつ」は、抑うつ状態の人間に向かって別の人間が「散歩に行ってもいいよ、いいお天気だし」、「チキン・ティカ・マサラ」、「難しいよね、イスラエルとパレスチナを」「子猫を一匹引き取ろうかと思っているんだけど、赤毛のかそれとも……」(*P5* 89)といった断片的な言葉をかけるが、抑うつ状態の人間は答えない、というものである(抑うつ状態の人間と話しかける人間はいずれも、単数でも複数でもいい)。硬軟取り混ぜた呼びかけは、抑うつ状態の人間の心に響いているかもしれないし、響いていないかもしれない。それでも、呼びかけることで初めて何かが起こり得るのである。

以上、本書では、チャーチルの最初期のラジオ・ドラマから近年の脱テクスト中心主義的な実験演劇まで、彼女の主要な作品を取り上げて概観してきた。その半世紀を超える劇作家としての長いキャリアのなかで、彼女はそのスタイルも主題も柔軟な変化を見せてきた。スタイルについていえば、当初は子育てをしながら一人で執筆をしていたため、読書経験に多くを依拠するブッキッシュなものだったが、七〇年代半ばからはワークショップを通じた協同性の高い作劇を受け入れ、非言語的なパフォーミング・アートとのコラボレーションも視野に入れるようになっていく。

また、主題については、当初は社会主義的フェミニズムという立場から主としてイギリス国内の社会問題を扱っていたが、九〇年代以降は国際情勢や環境問題などにも視野を広げている。

こうした状況を鑑みれば、チャーチルを変わり続けることを恐れない作家と称してもいいだろう。しかし同時に、時代に合わせて変化し続けるチャーチル演劇の背後には、常に変わらぬ子供への眼差しがある。最初期のラジオ・ドラマ『蟻』の主人公である両親の離婚調停に苦しむ少年ティム、『クラウド・ナイン』に登場する、父権的な父の抑圧に悩むゲイのエドワード、『トップ・ガールズ』のマーリーンとジョイスの双方から手に余る存在として扱われる、行き場のない少女アンジー、妖精スクライカーに狙われる『スクライカー』の二人の少女たち、『はるか遠く』で自律的に考える力をむごたらしく奪われていくジョウン、『ナンバー』で父親に虐待されたB1、そして『七人のユダヤ人の子供たち』で大人たちが常に話題にしている少女たち――こうして振り返ってみると、彼女の芝居にはほとんど常になんらかのかたちで〈苦しむ子供〉の影があることに驚かされる。しばしばフェミニズム演劇に分類されるチャーチル演劇には実際には融通無碍な変化や多様性があるのだが、そうした変化を支えるチャーチルの真の屋台骨は、子供の苦しみを無視すまいという信念のようなものなのかもしれない。

註

1　エレイン・アストンによれば、これは初演の頃にロイヤル・コート・シアターの公式ウェブサイトに掲載されていたダルドリーのインタビュー記事からの引用であるとのことだが、アストンが示した引用元ＵＲＬは二〇二三年現在、残念ながらもはやインターネット上に存在しない。

2　「マガフィン（McGuffin）」は、日本語では慣例的に「マクガフィン」と表記されることも多い。

3　本文でも簡単に断りを入れたように『ナンバー』の原文にはほとんどパンクチュエーションは存在しないが、日本語での読みやすさを考えて拙訳では最低限の句読点やダッシュを施している。ただしこれは次善の策であって、残念ながらこのために原文の大きな特徴である夢遊病的な雰囲気は損なわれてしまっている。

4　チャーチルが言及している『七人のユダヤ人の子供たち』のオンライン上演とは、『ガーディアン』紙の協力によりジェニー・ストラーの一人芝居として演じられたもので、二〇〇九年四月二四日に同紙のウェブサイト上にアップロードされた。二〇二三年五月現在でもアーカイブとして視聴が可能である。https://www.theguardian.com/stage/video/2009/apr/25/seven-jewish-children-caryl-churchill

引用文献一覧

チャーチルの一次文献

Churchill, Caryl. *The Ants. New English Dramatists 12: Radio Plays*, introduced by Irvine Waddle, Penguin, 1968, pp. 89-103.

—. *Plays 1*. Methuen, 1985.

—. *Plays 2*. Methuen, 1990.

—. *Plays 3*. Nick Hern Books, 1998.

—. *Plays 4*. Nick Hern Books, 2008.

—. *Plays 5*. Nick Hern Books, 2019.

—. *Shorts*. Nick Hern Books, 1990.

—. *What If If Only*. Nick Hern Books, 2021.

二次文献

Adiseshiah, Siân. *Churchill's Socialism: Political Resistance in the Plays of Caryl Churchill.* Cambridge Scholars, 2009.

—. "Revolution and the End of History: Caryl Churchill's *Mad Forest.*" *Modern Drama*, vol. 52, no. 3, 2009, pp. 283-99.

Amich, Candice. "Bringing the Global Home: The Commitment of Caryl Churchill's *The Skriker.*" *Modern Drama*, vol. 50, no. 3, 2007, pp. 394-413.

Aston, Elaine. "But Not That: Caryl Churchill's Political Shape Shifting at the Turn of the Millennium." *Modern Drama*, vol. 56, no. 2, 2013, pp. 145-64.

—. *Caryl Churchill.* 3rd ed., Northcote, 2010.

—. "Caryl Churchill's Dark Ecology." *Rethinking the Theatre of the Absurd: Ecology, the Environment and the Greeting of the Modern Stage*, edited by Carl Lavery and Clare Finburgh, Bloomsbury, 2015, pp. 59-76.

—. *Feminist Views on the English Stage: Women Playwrights 1999-2000.* Cambridge UP, 2003.

—, and Sue-Ellen Case, editors. *Staging International Feminisms.* Palgrave, 2007.

—, and Elin Diamond, *The Cambridge Companion to Caryl Churchill.* Cambridge UP, 2009

—, and Janelle Reinelt, editors. *Modern British Women Playwrights.* Cambridge UP, 2000.

Bate, Jonathan. *Romantic Ecology: Wordsworth and the Environmental Tradition.* Routledge, 1991.

Betsko, Kathleen, and Rachel Koenig. *Interviews with Contemporary Women Playwrights.* Beech Tree Books, 1987.

Brecht, Bertolt. *Brecht on Theatre: The Development of an Aesthetic*. Edited and translated by John Willett, Hill and Wang, 1964.

Cameron, Rebecca. "From *Great Women* to *Top Girls*: Pageants of Sisterhood in British Feminist Theater." *Comparative Drama*, vol. 43, no. 2, 2009, pp. 143-66.

Canadine, David. *Margaret Thatcher: A Life and Legacy*. Oxford UP, 2017.

Clark, Timothy. *The Cambridge Introduction to Literature and Environment*. Cambridge UP, 2011.

Cohn, Norman. *The Pursuit of the Millennium: Revolutionary Millenarians and Mystical Anarchists of the Middle Ages.* Oxford UP, 1970.

Cousin, Geraldine. *Churchill the Playwright*. Methuen, 1989.

Diamond, Elin. "Churchill's Tragic Materialism: Or, Imagining a Posthuman Tragedy." *PMLA*, vol. 124, no. 4, 2014, pp. 751-60.

—. *Unmaking Mimesis: Essays on Feminism and Theatre*. Routledge, 1997.

Fasting, Mathilde, ed. *After the End of History: Conversations with Francis Fukuyama*. Georgetown University Press, 2021.

Gerrard, Greg. *Ecocriticism*. Routledge, 2004.

Gilbert, Sandra, and Susan Gubar. *The Madwoman in the Attic: The Woman Writer and the Nineteenth-Century Literary*

Imagination. 1979. Reprint. Yale UP, 2000.

Gobert, R. Darren. *The Theatre of Caryl Churchill*. Bloomsbury, 2014.

Harding, James M. "Cloud Cover: (Re) Dressing Desire and Comfortable Subversions in Caryl Churchill's *Cloud Nine*." *PMLA*, vol. 113, no. 2, 1998, pp. 258-72.

Hare, David. *Plays 2*. Farber & Faber, 2013.

Holorenshaw, Henry. *The Levellers and the English Revolution*. Howard Fertig, 1971.

Hughes, Jenny. *Performance in a Time of Terror: Critical Mimesis and the Age of Uncertainty*. Manchester UP, 2012.

Innes, Christopher. *Modern British Drama: The twentieth Century*. Cambridge UP, 2002.

Itzin, Catherine. *Stages in the Revolution: Political Theatre in Britain Since 1968*. 1980. Reprint. Routledge, 2021.

Jackson, Ben, and Robert Saunders, eds. *Making Thatcher's Britain*. Cambridge UP, 2012.

King, Michael, and Annie Bartlett. "British Psychiatry and Homosexuality." *The British Journal of Psychiatry*, vol. 175, issue 2, Aug. 1999, pp. 106-13. DOI: https://doi.org/10.1192/bjp.175.2.106.

Kolata, Gina. *Clone: The Road to Dolly, and the Path Ahead*. William Morrow and Company, 1998.

Kristeva, Julia. *Powers of Horror: An Essay on Abjection*. Translated by Leon S. Roudiez, Columbia UP, 1982.

Kritzer, Amelia Howe. "Enough! Women Playwrights Confront the Israeli-Palestinian Conflict." *Theatre Journal*, vol. 62, no. 4, 2010, pp. 611-26.

—. *The Plays of Caryl Churchill: Contemporary Representations*. Macmillan, 1991.

Laing, R. D. *The Divided Self: An Existential Study in Sanity and Madness*. Penguin, 1960.

Lehmann, Hans-Thies. *Postdramatic Theatre*. Translated by Karen Jürs-Munby, Routledge, 2006.

Luckhurst, Mary. *Caryl Churchill.* Routledge, 2014.

Martin, Carol. *A Sourcebook on Feminist Theatre and Performance: On and Beyond the Stage.* Routledge, 1996.

McConaghy, Neil. "Subjective and Penile Plethysmograph Responses Following Aversion-Relief and Apomorphine Aversion Therapy for Homosexual Impulses." *The British Journal of Psychiatry*, vol. 115, issue 523, June 1969, pp. 723-30. DOI: https://doi.org/10.1192/bjp.115.523.723.

Millett, Kate. *Sexual Politics*. 1969. Columbia UP, 2016.

Mohanty, Chandra Talpade. F*eminism without Borders: Decolonizing Theory, Practicing Solidarity*. Duke University Press, 2003.

Morris, William. "The Society of the Future." *The Commonweal: The Official Organ of the Socialist League*, vol. 5, 13 April, 1889, pp. 114-15.

Morton, Timothy. *Ecology without Nature: Rethinking Environmental Aesthetics*. Harvard UP, 2007.

—. *The Ecological Thought*. Harvard UP, 20110.

Purcell, Carey. *From Aphra Behn to* Fun Home*: A Cultural History of Feminist Theater*. Rowman & Limited, 2020.

Quarshie, Hugh. *Second Thoughts about 'Othello'*. Chipping Camden, 1999.

Quigley, Karen. *Performing the Unstageable: Success, Imagination, Failure*. Methuen, 2020.

Rabillard, Sheila. "On Caryl Churchill's Ecological Drama: Right to Poison the Wasps?" *The Cambridge Companion to Caryl Churchill*, edited by Elaine Aston and Elin Diamond, Cambridge UP, 2009, pp. 88-104.

Rady, Martyn C. *Romania in Turmoil: A Contemporary History*. I. B. Tauris, 1992.

Rees, Catherine. *Contemporary British Drama*. Red Globe Press, 2020.

Remshardt, Ralf Erik. "*The Skriker* by Caryl Churchill." *Theatre Journal* vol. 47, no. 1, 1995, pp. 121-23.

Roberts, Philip. *About Churchill: The Playwright and the Work*. Faber, 2008.

—, and Max Stafford-Clark. *Taking Stock: The Theatre of Max Stafford-Clark*. Nick Hern Books, 2007.

Ritchie, Rob, editor. *The Joint Stock Book: The Making of a Theatre Collective*. Methuen, 1987.

Savilonis, Margaret. "'She Was Always Sad': Remembering Mother in Caryl Churchill's *Not Enough Oxygen* and *A Number*." *Theatre History Studies*, vol. 35, 2016, pp. 233-53.

Soto-Morettini, Donna. "Revolution and the Fatally Clever Smile: Caryl Churchill's *Mad Forest*." *Journal of Dramatic Theory and Criticism*, vol. 9, no. 1, 1994, pp. 105-18.

Tait, Peta. "Love, Fear, and Climate Change: Emotions in Drama and Performance." *PMLA*, vol. 130, no. 5, 2015, pp. 1501-05.

Tycer, Alicia. *Caryl Churchill's* Top Girls. Continuum, 2008.

Weik von Mossner, Alexa. *Affective Ecologies: Empathy, Emotion, and Environmental Narrative*. The Ohio State UP, 2017.

Wilmut, Ian, Keith Campbell, and Colin Tudge. *The Second Creation: Dolly and the Age of Biological Control*. Harvard UP, 2000.

Yerby, George. *The Economic Causes of the English Civil War: Freedom of Trade and the English Revolution*. Routledge, 2020.

林志弦『犠牲者意識ナショナリズム——国境を超える「記憶」の戦争』、澤田克己訳、東洋経済新報社、二〇二二年。

シュレーバー、D・P『シュレーバー回想録』、一九〇三年、尾川浩・金関猛訳、中公クラシックス、二〇一五年。

セベスチェン、ヴィクター『東欧革命1989——ソ連帝国の崩壊』、三浦元博・山崎博康訳、白水社、二〇〇九年。

高橋秀寿・西成彦編『東欧の20世紀』、人文書院、二〇〇六年。

長谷川貴彦『イギリス現代史』、岩波新書、二〇一七年。

ファノン、フランツ『地に呪われたる者』、鈴木道彦・浦野衣子訳、みすず書房、一九九六年。

フーコー、ミシェル『狂気の歴史——古典主義時代における』、田村俶訳、新潮社、一九七五年。

フロイト、ジークムント「自伝的に記述されたパラノイアの一症例に関する精神分析的考察」、一九一二年、渡辺哲夫訳、高田珠樹責任編集『フロイト全集』、第11巻、岩波書店、二〇〇九年、一〇一—八七頁。

松尾秀哉『ヨーロッパ現代史』、ちくま新書、二〇一九年。

三浦元博・山崎博康『東欧革命——権力の内側で何が起きたか』岩波新書、一九九二年。

新聞・雑誌記事、劇評、ウェブサイト、映像など

Billington, Michael. "Caryl Churchill at 80: Theatre's Great Disruptor." *The Guardian*, 2 Sep. 2018, https://www.theguardian.com/stage/2018/sep/02/caryl-churchill-at-80-theatre-great-disruptor.
—. "Forgotten Plays: No. 5—*Owners*（1972）by Caryl Churchill." *The Guardian*, 29 Jun. 2020, https://www.theguardian.com/stage/2020/jun/29/forgotten-plays-no-5-owners-1972-by-caryl-churchill.
—. "The Hospital at the Time of the Revolution—Review." *The Guardian*, 2 Apr. 2013, https://www.theguardian.com/stage/2013/apr/02/the-hospital-at-the-time-of-the-revolution-review.
"Directing Top Girls: An Interview with Max Stafford-Clark." British Library, 7 Sep. 2007, https://www.bl.uk/20th-century-litearature/articles/directing-top-girls-an-interview-with-max-staffor-clark.
Higgins, Charlotte. "Is Caryl Churchill's Play *Seven Jewish Children* Antisemitic?" *The Guardian*, 18 Feb. 2009, https://www.theguardian.com/culture/charlottehigginsblog/2009/feb/18/israelandthepalestinians-religion
Lyall, Sarah. "The Mysteries of Caryl Churchill." *The New York Times*, 5 Dec. 2004, https://www.nytimes.

com/2004/12/05/theater/newsandfeatures/the-mysteries-of-caryl-churchill.html.

Ravenhill, Mark. "Caryl Churchill—'She made us raise our game'." *The Guardian*, 3 Sep. 2008, https://www.theguardian.com/stage/2008/sep/03/carylchurchill.theatre.

Seven Jewish Children. Performed by Jennie Stoller. 24 April 2009. https://www.theguardian.com/stage/video/2009/apr/25/seven-jewish-children-caryl-churchill

"The Strange Survival of Radio Drama." BBC, https://www.bbc.com/historyofthebbc/100-voices/radio-reinvented/the-strange-survival-of-radio-drama.

Taylor, Paul, and Holly Williams. "The 40 Best Plays of All Time, form *Our Country's Good* to *A Streetcar Named Desire*." *The Independent*, 18 Aug. 2019, Factiva, INDOP00020190818ef8i002jp.

Thurman, Judith. "The Playwright Who Makes You Laugh about Orgasm, Racism, Class Struggle, Homophobia, Woman-Hating, the British Empire, and the Irrepressible Strangeness of the Human Heart." *Ms.*, May 1982, pp. 51-57.

文献案内

本書を読んでキャリル・チャーチルについてもっと学びたいと思った読者には残念なことであるが、二〇二三年五月現在、チャーチルに関する入手可能な日本語文献はほとんど存在しない。ゆえに、以下の文献案内は英語の文献を中心としたものとなっている。英語文献については、現在入手しやすく、比較的近年の作品もカヴァーしており、また幅広くチャーチルについて学べるものを選んだつもりなので、興味を持たれた向きはぜひどれか手に取っていただければと思う。

【チャーチルの作品】

〈翻訳〉

『クラウド9』、松岡和子訳、劇書房、一九八三年。
『トップ・ガールズ』、安達紫帆訳、劇書房、一九九二年。

単行本として翻訳されているチャーチル作品は二〇二三年五月現在で右の二作だが、残念ながらいずれも絶版になっている。

〈原文〉

***Plays 1-2.* Methuen, 1985-90.**
***Plays 3-5.* Nick Hern Books, 1998-2019.**

イギリス現代劇作家の作品は、個々の作品の初演時にまず単体で出版され、ある程度作品数がたまったところで『戯曲集』として再編される出版形態を取ることが多く、チャーチルも例外ではない。チャーチルの『戯曲集』は二〇二三年五月現在で第五集まで出ており、それ以降の作品は個別にニック・ハーン・ブックス社から出版されている。『戯曲集』には、個別出版の際にはついてない作者の注記や解説が付されていることが多いので、チャーチルの作品を原文で読みたい場合、まずは『戯曲集』を手に取ることをお勧めする。
なお、本書で取り上げた代表作がそれぞれどの巻に収められているかは以下の通り。第一巻『クラウド・ナイン』、第二巻『トップ・ガールズ』、第三巻『狂える森』、第四巻『はるか遠く』、『ナンバー』、第五巻『七人のユダヤ人の子供たち』。

【チャーチルに関する文献】

現代演劇研究会編『現代演劇　第一二巻――特集　キャリル・チャーチル』一九九六年、英潮社。

『現代演劇』は、イギリス演劇研究者の来住正三氏とアメリカ演劇研究者の坂本和男氏によって一九五〇年代に創設された現代演劇研究会の機関誌で、毎号の特集は刊行時までの特集劇作家の作品のシノプシスや解説を含むガイドブックとなっている。チャーチルを特集した第一二巻には、『沼地』（本書では『沼沢地』と表記）の全訳もついており、一九九〇年代半ばまでのチャーチル演劇の入門書として非常に有用な書。だが、本書も残念ながら現在は絶版なので、気になる方は図書館や古書店などを当たって欲しい。

Aston, Elaine. *Caryl Churchill.* 3rd ed., Northcote, 2010.

世界文学から選りすぐった作家とその作品を紹介するシリーズで知られるノースコート・ハウス出版社のシリーズのうちの一冊。チャーチル研究の第一人者であるエレイン・アストンが、チャーチルの主だった作品を時系列順に手際よく解説してくれる良書。一九九七年に初版が出たが、チャーチルが重要な新作を出すのに合わせて改訂を重ね、二〇一〇年に刊行された第三版では『七人のユダヤ人の子供たち』までを取り扱っている。ただし、ノースコート・ハウス出版社が二〇二三年二月になくなってしまったため、これ以上の改訂版は難しいかもしれない。

Aston, Elaine, and Elin Diamond. *The Cambridge Companion to Caryl Churchill.* Cambridge UP, 2009.

ケンブリッジ大学出版局の『必携』シリーズの一冊。チャーチルの作品を時系列順で紹介するのではなく、「フェミニズム」「所有」「革命」「環境」「テクストと舞踊」「テロ」「コラボレーション」など、多彩なテーマ別に、編者のエレイン・アストンとエリン・ダイアモンドを含む第一線の研究者たちがチャーチル作品を論じている。チャーチル演劇を題材に論文やレポートを書きたい人にとってはどのような切り口があり得るのかを学べて、大変便利な本。出版時（二〇〇九年）の最新作である『七人のユダヤ人の子供たち』までをカヴァーしており、代表作はほぼ取り扱われている点もありがたい。

Adiseshiah, Siân. ***Churchill's Socialism: Political Resistance in the Plays of Caryl Churchill.*** **Cambridge Scholars, 2009.**

チャーチルの作品のうち、一九七六年の『バッキンガムシャーに射す光』から二〇〇〇年の『はるか遠く』までを含む八本の戯曲を取り上げ、それらをチャーチルの社会主義という観点に絞って論じた著作。『トップ・ガールズ』や『シリアス・マネー』のように明らかな資本主義批判を行なっている芝居のみならず、『スクライカー』や『はるか遠く』のような一見政治劇ではない作品をも扱うことで、併せて論じられることの少ない作品の意外な共通項が見えてくるのが興味深い。なお、第一章は一九六〇年代から二〇〇〇年代までのイギリスにおける社会主義運動の概説になっているので、この分野に明るくない読者にも入りやすい作りになっている。

Gobert, R. Darren. *The Theatre of Caryl Churchill.* Bloomsbury, 2014.

二〇世紀から現代までの主として英語で書かれた演劇を幅広く扱う「メシュエン・ドラマ・クリティカル・コンパニオン」シリーズの一冊。右に挙げたケンブリッジ大学出版局の『必携』シリーズ同様、時系列に作品を追うのではなくテーマ別の章立てとなっているが、基本的に一人の手によって書かれている点は異なっている。本書で扱われるテーマは、「資本主義と演劇」や「コラボレーションの美学と政治学」といったチャーチル劇を論じる際に避けて通れないものも多いが、第五章の「パフォーマンスと／としての演劇」などは、本書では最後に簡潔に触れるに留まってしまったテーマと作品群を深掘りしており、新しい知見を与えてくれる。

Luckhurst, Mary. *Caryl Churchill*. Routledge, 2014.

ラウトリッジ社より刊行されている「現代劇作家シリーズ」の一冊。著者のメアリ・ラックハーストは現代演劇を高等教育機関で教える研究者であるのみならず、学生演劇を中心に自ら上演を手掛ける演出家でもあるため、批評家と演出家両方の視点からチャーチル作品を手際よく解説してくれる点が興味深い。さらには、チャーチルの解説本としては後発であることをかえって強みとして、『トップ・ガールズ』のような八〇年代に非常にもてはやされた芝居については評価の変遷をわかりやすく提示しており、このアプローチには本書も多いに啓発された。

Roberts, Philip, and Max Stafford-Clark. ***Taking Stock: The Theatre of Max Stafford-Clark.*** Nick Hern Books, 2007.

文献案内に挙げた書籍のうちで唯一、本書はチャーチルのみに関する書物ではなく、現代イギリス演劇を代表する演出家マックス・スタフォード＝クラークの仕事を追う書物である。ジョイント・ストック時代（一九七四–八一）、ロイヤル・コート劇場時代（一九七九–九三）、アウト・オヴ・ジョイント・シアター・カンパニー時代（一九九三–　）の各時代に彼が手がけた代表的作品がいかに出来上がっていったかを、当時の彼のノートや関係者のインタヴューなどで再構成する本書の資料的価値は高く、彼の考える協同的な演劇制作とは何かを知る大きな助けになる。特にジョイント・ストック時代の『クラウド・ナイン』に関わる章は、チャーチルについて学びたい人なら読んでおいて損はないだろう。

キャリル・チャーチル作品一覧

作品名	初演（初放送）	劇場（チャンネル）
『蟻』 （*The Ants*）	1962年11月27日	BBCラジオ3
『恋わずらい』 （*Lovesick*）	1967年4月8日	BBCラジオ3
『中絶』 （*Abortive*）	1971年2月4日	BBCラジオ3
『酸素が、た、た、た、た、たりない』 （*Not Not Not Not Not Enough Oxygen*）	1971年3月31日	BBCラジオ3
『シュレーバーの神経症』 （*Schreber's Nervous Illness*）	1972年7月25日	BBCラジオ3
『判事の妻』 （*The Judge's Wife*）	1972年10月2日	BBCラジオ2
『所有者たち』 （*Owners*）	1972年12月6日	ロイヤル・コート・シアター（ロンドン）
『セックスと暴力への反論』 （*Objections to Sex and Violence*）	1975年1月2日	ロイヤル・コート・シアター（ロンドン）
『バッキンガムシャーに射す光』 （*Light Shining in Buckinghamshire*）	1976年9月7日	トラヴァース・シアター（エディンバラ）
『ヴィネガー・トム』 （*Vinegar Tom*）	1976年10月12日	ハンバーサイド・シアター（ハル）
『罠』 （*Traps*）	1977年1月27日	ロイヤル・コート・シアター（ロンドン）
『食後にジョークを』 （*The After Dinner Joke*）	1978年2月14日	BBC1（テレビ放送）
『クラウド・ナイン』 （*Cloud Nine*）	1979年2月14日	ダーティントン・カレッジ・オブ・アーツ（ダーティントン）
『眠れぬ夜がもう三晩』 （*Three More Sleepless Nights*）	1980年6月9日	ソーホー・ポリー（ロンドン）

作品名	初演（初放送）	劇場（チャンネル）
『トップ・ガールズ』 （*Top Girls*）	1982年8月28日	ロイヤル・コート・シアター（ロンドン）
『沼沢地』 （*Fen*）	1983年1月20日	エセックス大学シアター（コルチェスター）
『ソフトコップス』 （*Softcops*）	1984年1月2日	バービカン・ピット・シアター（ロンドン）
『小鳥が口一杯』 （*A Mouthful of Birds*） 〔デイヴィッド・ランとの共作〕	1986年9月2日	バーミンガム・レパートリー・シアター（バーミンガム）
『シリアス・マネー』 （*Serious Money*）	1987年3月21日	ロイヤル・コート・シアター（ロンドン）
『アイスクリーム』 （*Icecream*）	1989年4月6日	ロイヤル・コート・シアター（ロンドン）
『ホット・ファッジ』 （*Hot Fudge*）〔朗読劇〕	1989年5月11日	ロイヤル・コート・シアター（ロンドン）
『狂える森』 （*Mad Forest*）	1990年6月25日	ロイヤル・コート・シアター（ロンドン）
『偉大なる毒殺者たちの生涯』 （*Lives of the Great Poisoners*） 〔イアン・スピンク、オーランド・ゴフとの共作〕	1991年2月13日	アーノルフィーニ（ブリストル）
『スクライカー』 （*The Skriker*）	1994年1月20日	コッテスロー、ナショナル・シアター（ロンドン）
『テュエステス』 （*Thyestes*）〔セネカ悲劇の翻案〕	1994年6月7日	ロイヤル・コート・シアター（ロンドン）
『ホテル』 （*Hotel*）	1997年4月15日	セカンド・ストライド劇場（ハノーヴァー、ドイツ）
『これは椅子です』 （*This Is a Chair*）	1997年6月25日	ロイヤル・コート・シアター（ロンドン）
『ブルー・ハート』 （*Blue Heart*）	1997年8月14日	ロイヤル・コート・シアター（ロンドン）

作品名	初演（初放送）	劇場（チャンネル）
『はるか遠く』（*Far Away*）	2000年11月24日	ロイヤル・コート・シアター（ロンドン）
『ナンバー』（*A Number*）	2002年9月23日	ロイヤル・コート・シアター（ロンドン）
『夢の戯曲』（*A Dream Play*）〔ストリンドベリの翻案〕	2005年2月15日	コッテスロー、ナショナル・シアター（ロンドン）
『愛してるって言えるほど酔っちゃったかな』（*Drunk Enough to Say I Love You?*）	2006年11月10日	ロイヤル・コート・シアター（ロンドン）
『七人のユダヤ人の子供たち』（*Seven Jewish Children*）	2009年2月6日	ロイヤル・コート・シアター（ロンドン）
『愛情と情報』（*Love and Information*）	2012年9月6日	ロイヤル・コート・シアター（ロンドン）
『ディン・ドン・ウィキッド』（*Ding Dong the Wicked*）	2012年10月1日	ロイヤル・コート・シアター（ロンドン）
『革命時の病院』（*The Hospital at the Time of the Revolution*）	2013年3月31日（執筆1972年）	フィンバラ・シアター（ロンドン）
『かもめ』（*Seagulls*）	2013年5月23日（執筆1978年）	シチズンズ・シアター（グラスゴー）
『チケット販売中』（*Tickets Are Now on Sale*）	2015年1月26日	シアター・デリカテッセン（ロンドン）
『さあ行こう』（*Here We Go*）	2015年11月27日	リトルトン、ナショナル・シアター（ロンドン）
『ひとり逃れて』（*Escaped Alone*）	2016年1月21日	ロイヤル・コート・シアター（ロンドン）
『豚と犬』（*Pigs and Dogs*）	2016年7月20日	ロイヤル・コート・シアター（ロンドン）
『戦争と平和とガザ一編』（*War and Peace Gaza Piece*）	2014年9月14日	リッチ・ミックス（ロンドン）〔ロンドンのアズ・シアターとガザのシアター・フォー・エヴリバディによる共同演劇プロジェクトのローンチ・イベント〕

作品名	初演（初放送）	劇場（チャンネル）
『きれいな目』 （*Beautiful Eyes*）	2017年1月19日	シアター503
『グラス』（*Glass*）、 『キル』（*Kill*）、 『青髭の友だち』（*Bluebeard's Friends*）、 『小鬼』（*Imp*）	2019年9月18日	ロイヤル・コート・シアター（ロンドン） 〔シリーズ短編劇上演〕
『エア』（*Air*）		オンライン上演 〔『ロックダウン・プレイズ』の一部として〕
『だから何　もしそれさえ』 （*What If If Only*）	2021年9月29日	ロイヤル・コート・シアター（ロンドン）

あとがき

私がキャリル・チャーチルの芝居を初めて観たのは二〇〇〇年代初頭、ロンドンのフリンジ・シアターによる『クラウド・ナイン』のスタジオ上演だったように思う。その当時は観劇記録などつけていなかったため、今となっては恥ずかしながら上演年も劇場も劇団もすべてが曖昧で、この程度の漠然としたことしか言えないのだが、第一幕のベティと第二幕のベティが抱き合うエンディングにはしみじみ感動したことを覚えている。その時から私にとってチャーチルは、非常に難しいとともに非常に情動的な作品を作る劇作家であり、好きであると同時に苦手でもあるような、いわく言い難い存在であり続けてきた。

苦手であるというのは、チャーチル作品の初観劇が二〇〇〇年代に入ってからだという告白からも明らかなように、私がチャーチルの存在を認識した時にはすでに彼女はイギリス現代演劇界の最重要人物の一人であったことが関係しているように思う。私の場合、たとえばマーティン・マクドナ（一九七〇―　）やジェズ・バターワース（一九六九―　）のような同世代の劇作家については、大した予備知識もなく『イニシュモアの大尉』（二〇〇一）や『ジェルーサレム』（二〇〇九）といった芝居を観てから興味を覚えてテクストを購入し、自分のなかの「新作が出たら観ておきたい劇作家リスト」の一人に加えるという、観劇体験がテクスチュアルな体験に先立つ出会い方をしている。だがチャーチルは、「現代の古典」としてテクストのかたちで私の前に現れたのであり、さらに運の悪いことに、彼女の作品はテクストとして読むとともにかく複雑で理解が追いつかないことが多いのである。

劇作家にもいろいろなタイプがあり、ジョージ・バーナード・ショー（一八五六―一九五〇）のようなブッキッシュな人の場合、テクストが読み物として十分面白い。だがそれは、本質的に協同的でそれゆえに混沌に陥る危険もある演劇上演を、出来うる限り作者の管理下に置いておきたいという彼の意志の現れのようにも思える。実際、劇空間のどこにどのようなものが置いてあるかを事細かに指定したり、これこれの台詞の際にはこのキャラクターはこういう感情を抱いているからこういう表情をするといった演技指導までをも兼ねた、ショーの特徴でもある濃密なト書きは、上演ごとの作品解釈のブレを減らす役に立つ一方で、演出家や役者の裁量を狭めるものとも言えるだろう。そして、キャリル・チャーチルが劇作家としてこれとは正反対の傾向を示していることは、本書が繰り返し語ってきた通りだ。あらゆる戯曲はテクストのみで完結するものではないのだが、チャーチル作品はとりわけそうなのであり、チャーチルを好きになるにはおそらく上演を観に行くのが一番手っ取り早いのだ。

しかし、あまりにチャーチル作品のポストドラマ性を強調することは、かえって彼女の真価を損なうことにもなりかねないし、そもそもチャーチル作品をテクストとして読むことに意味がないと言うなら、何故こんな本を書いているのかと問われても仕方がない。もちろん私には、そのようなことを言うつもりは毛頭なく、チャーチル作品はテクストとして読んでも十分に面白い――たとえ、第一印象はとっつきが悪くとも――というのが私の考えである。本書は、すでにチャーチル演劇に親しんでいる人へ新たなチャーチル解釈の視座を提供するのみならず、チャーチルをまだよく知らない人（あるいはチャーチルの名前も知らない人）にも興味を持ってもらえることを目標として書かれたものであり、そのために私自身が重要だと感じた作中の台詞についてはなるべくたくさん訳出引用して、読者がチャーチルの芝居に直に触れられるよう心がけた。

彼女の戯曲は、伝統的なプロット構造を廃したり前衛的でシュールレアルな設定になっている点では、情動よりも理性に訴えるブレヒトの叙事演劇の思想を受け継いでいるが、個々の登場人物にはみな血が通っており、その台詞には思わずほろりとしてしまうものも多い。『クラウド・ナイン』のベティが自慰を通じて自分の主体性を取り戻していった告白や、『ナンバー』のマイケルが妻の耳を見て幸福を感じたとソルターに説明するくだりなどは、私自身にも大変印象深かった台詞である。劇作家との出会い方として、作品テクストや上演からのみならず「名台詞から出会う」というパターンもあって良い。残念ながらチャーチルは現在手に取りやすい翻訳もなく、『トップ・ガールズ』や『クラウド・ナイン』といった代名詞的作品を除くと、日本でそうそう上演されているわけでもない。本書が、そのようなチャーチルに対する興味を喚起し、理解を深めるきっかけとなれば、望外の喜びである。

本書の内容は、日本学術振興会科学研究費補助金・基盤研究（C）（17K02489）の研究成果の一部であるとともに、出版においては立教大学の出版助成を得て出版された。また、本書は基本的に書き下ろしだが、第六章のみ、富士川義之編『自然・風土・環境の英米文学』（金星堂、二〇二二）所収の拙論に加筆修正を施したものである。本書への再録をお許しいただいた富士川先生と結城秀雄先生、金星堂の倉林勇雄氏に心よりお礼を申し上げる。また、木下誠氏と松本朗氏には拙稿を読んでいただき、大変有益なコメントをいただいた。秦邦生氏にも本書を含む本シリーズ全体の企画から刊行まで、素晴らしいリーダーシップを執っていただいた。なにより三修社の永尾真理氏には拙稿が整うまで辛抱強くお待ちいただいたうえ、本書がかたちになるまで何くれとなくお助けいただいた。そのほかにも直接・間接にお世話になった人々は数えきれない。皆様に心より感謝を申し上げたい。

二〇二三年十一月

作品名

や

ら

わ

さ

た

索引

・日本語の人名およびタイトルのみを拾った。
・「文献案内」「あとがき」はカヴァーしていない。

人名

著者紹介

岩田美喜（いわたみき）

1973年、北海道生まれ、宮城県育ち。東北大学文学部卒。同大学院文学研究科博士課程後期修了、博士（文学）取得。現在、立教大学文学部教授。専攻は英文学（イギリス・アイルランド演劇）。主な著書に『ライオンとハムレット――W. B. イェイツ演劇作品の研究』（松柏社、2002年）、『兄弟喧嘩のイギリス・アイルランド演劇』（松柏社、2017年）。主な共編著に『ポストコロニアル批評の諸相』（岩田美喜・竹内拓史編、東北大学出版会、2008年）、『イギリス文学と映画』（松本朗・岩田美喜・秦邦生・木下誠編、三修社、2019年）、『コメディ・オヴ・マナーズの系譜――王政復古期から現代イギリス文学まで』（玉井暲・末廣幹・岩田美喜・向井秀忠編、音羽書房鶴見書店、2022年）など。

〈英語《えいご》〉文学《ぶんがく》の現在《いま》へ

キャリル・チャーチル

前衛であり続ける強さと柔軟さ

二〇二三年十二月十五日　第一刷発行

著　者　岩田美喜

編集委員　秦邦生　木下誠　松本朗

発行者　前田俊秀

発行所　株式会社　三修社

〒150-0001　東京都渋谷区神宮前二-二-二二

電　話　〇三-三四〇五-四五一一

FAX　〇三-三四〇五-四五二二

https://www.sanshusha.co.jp

振替　〇〇一九〇-九-七二七五八

編集担当　永尾真理

印刷・製本所　萩原印刷株式会社

装幀　宗利淳一

　ISBN978-4-384-06044-7 C3098